探偵は御簾の中

鳴かぬ螢《ほたる》が身を焦がす

汀こるもの

講談社
タイガ

イラスト——しきみ

デザイン——岡本歌織（next door design）

目次

登場人物

別当祐高《べっとうすけたか》　検非違使《けびいし》別当。
京の貴族では珍しい妻一筋の愛妻家、ということになっている。

忍《しのぶ》**の上**《うえ》　祐高の北の方（正妻）。三人の子を持つ良妻賢母。

少将純直《しょうしょうすみなお》　検非違使佐《けびいしのすけ》。祐高のいとこで弟分。物《もの》の怪《け》の話が好き。

衛門督朝宣《えもんのかみとものり》　女好き。命懸けで独自の恋愛観を追求する。

三位中将《さんみのちゅうじょう》　荒三位《あらさんみ》。貴族なのに乱暴で有名。

大将祐長《たいしょうすけなが》　祐高の兄。亡き父に代わって祐高を見守る自称苦労人。

天文博士安倍泰躬《てんもんはかせあべのやすみ》　安倍晴明《せいめい》の血を引く評判の陰陽師《おんみょうじ》。

桔梗《ききょう》　忍の乳母《めのと》。

大志錦部国俊《だいさかんにしきべのくにとし》　検非違使庁、衛門府の下官。

葛城《かつらぎ》　忍づきの女房。尽くす女。

若菜《わかな》　忍づきの女房。一言多い。

譲葉《ゆずりは》　忍づきの女房。祐長とつき合っている。

螢火《ほたるび》　謎の女。

桜花《おうか》　忍のいとこ。純直の妻。

負けたが勝ち

1

京《みやこ》で一番真面目《まじめ》な人といえば、二十二歳の検非違使《けびいし》別当《べっとう》祐高《すけたか》卿《きょう》のことだった。

十四のときに結婚した妻を掌中の珠《たま》の如《ごと》く慈しむこと八年。愛する女性はこの人一人。比翼連理《ひよくれんり》の鴛鴦夫婦《おしどりふうふ》と呼ばれて、一途《いちず》に想《おも》われる令室は京の女君の羨望《せんぼう》の的だった。

「兄上！　教えてください、子を授からないよう女人を愛する方法はないですか！」

「そんな都合のいい話があったらわたしが知りたい！」

「やはりそうなのですか、陰陽師《おんみょうじ》もこればかりはどうにもならぬと！」

だが三つ上の兄の前ではこうだった。

「……お前は妻一筋、京では珍しい愛妻家ではなかったか」

そのような技は情人を多く持つ色好みの人が求めるものだと言いたいのだろう。

「これまで何も考えずに北に三人も子を産ませてしまいましたが、今になって怖くなりました。もしこの調子で四人目を授かったら次こそ忍さまは産で命を落とすのではないかと。産で死ぬ女は多いではないですか」

祐高は大真面目だった。ここに来て、愛する妻に仇《あだ》なす者が現れるとしたらそれは自分であると気づいてしまった。

「十人産んでも平気な女もいるが——そうだな。授かった子を産ませず流す人もいる」

「どうするのです」

「水銀《みずかね》を飲ませるとか。柱などを赤く塗る丹の粉《にこ》だ」

「そ、それは身体《からだ》に悪くはないのですか」

「わたしの聞いた話では子だけでなく女も死んだ」

「駄目です絶対に！」

「本当に呆《あき》れたものだな、お前は」

右大将祐長卿《うだいしょうすけながきょう》は脇息《きょうそく》にもたれてため息をついた——彼にしてみれば弟を自邸に招いたのは説教するつもりだったのだろう。

簀子縁《すのこえん》は庭がよく見える。死んだ父の庭を思い出す。ここの松の木は手間をかけて実家から植え替えたもので、新築の邸《やしき》と思えない風格を醸し出している。曲がった枝や節まで懐かしい。

背景は少し土を盛った地面に隙間《すきま》なく緑の苔《こけ》を敷き詰めて、柔らかな草に覆われた丘を小さく縮めたようだ。寝転びたいほど。普通、貴族の邸の庭といえば花。祐長の邸は他にも庭があって木々が茂り花が咲き乱れて小川が流れているが、祐高はこの飾らない苔の庭が一番好きだ。単純な構成でごまかしが利《き》かないのにずっと眺めていられる。

だが庭に近い部屋は本来、身分の低い者を通すところだ。いつもなら蒔絵《まきえ》の脇息を勧められ勧められた座も兄と同じ高麗縁《こうらいべり》の畳ではなく円座《わろうだ》で、いつもなら蒔絵の脇息を勧められるのにそれもない。父に叱《しか》られるとき、こんな風だった。

「わたしはずっとお前に呆れ果てている」

兄が声を低めた——祐高は庭を眺めて喜んでいる場合ではなかった。

祐長とは顔がそっくりだとよく言われる。兄弟二人とも凜々《りり》しい偉丈夫《いじょうふ》。だが性格は正反対。堅物《かたぶつ》の祐高とのらりくらり要領のいい祐長——今、その評価が逆転しつつある。

「お前、あの女と結婚したとき何と言った？　べらべら喋《しゃべ》る鬼のような女に脅しつけられて結婚生活を強いられて、まるで地獄だと」

「え、ええと」

「わたしも大層仰天《たいそうぎょうてん》した。新妻が夫を脅すなんて話は聞いたことがない」

別当祐高卿には人に言えない秘密があった。

妻が、女らしくない。

とはいえ男のように髪を結って歩き回るわけではない。

祐長と祐高の母は格式ある大臣家の姫で、琴と和歌を嗜《たしな》むたおやかな女だ。と思う。貴族の掟《おきて》を守って息子たちの前にもあまり姿を現さなかった。父の浮気で泣いていたとき以外は何を考えているかわからない人だった。

世の女は皆そんなものらしい。はっきりものを言わない。「何やらの物語にありますように」「いにしえの和歌に詠《うた》われる通り」と持って回ったたとえ話が多い。

二十四歳の忍《しのぶ》の上《うえ》は見た目はみどりの黒髪を身の丈より長く伸ばし、華やかな五衣《いつつぎぬ》をまとって白粉《おしろい》を刷《は》き眉《まゆ》を描いて紅を差し、甘やかな香の匂いを漂わせ、それは麗しい淑女だ。結婚した頃は権大納言家《ごんだいなごんけ》の姫君で、何年も経って今は大納言家の姫君だ。

だが何でもはっきり言う。言いすぎる——

「祐高さまは愛人をお持ちにはならないの？　そういう人が現れたら紹介してよ。わたし、お友達になりたいわ」

たとえばこう。彼女は全く屈託がない。

「勘違いしないで、わたしお友達がいないわけじゃないのよ。中納言《ちゅうなごん》さまの北の方とその妹姫さまたちと文を取り交わして仲よくしていただいているし。中宮《ちゅうぐう》さまはお友達と言うには少し畏《おそ》れ多いけれどお互い、信頼はあると思うわ。それに勿論《もちろん》、いとこの桜花《おうか》。誰にも欠けたところなんてないのよ。皆さま、素晴らしい方。——でも少ぅしもの足りないの。わかる？」

わかる。わかる。女君が邸の奥深くで側仕《そばづか》えの女房ばかりに囲まれて閉じこもって縫いものなどしているのはさぞ退屈だろう。似たような境遇の女君同士で交流していても心が慰められるものではないのだろう。そこまでは。

「特にわたしが不満なのは——皆さま、あまり祐高さまのことをご存知ないのよ！　それはそうよ、御簾《みす》越しにしか会ったことがないんだから！　祐高さまのことを話すのはわたしだけ！　女房たちは譲葉《ゆずりは》の玉の櫛《くし》は大将さまからの手切れ金なのか、天文博士《てんもんはかせ》は葛城《かつらぎ》と美吉野《みよしの》のどちらが本命なのか、他人のことばかり！　結婚して八年、子が三人もいるわたしたちなんか今更波風の立ちようがないから！　語るまでもないと思われているんだわ！　わたし、もっとあなたのことをよく知っている人と盛り上がりたい！　それには愛人よ、愛人！　〝どうしてわたしたちは同じ人を愛してしまったのか〟と手に手を取って嘆いたりしたい！　どうせなら流浪の白拍子《しらびょうし》がいいわ！」

——退屈しのぎに夫の愛人をいじりたいというのはどういう心境なのか。あるいは剣呑《けんのん》な言葉を出して夫の反応を見ること自体が退屈しのぎなのか。

母はあまり喋らず、静かで謎めいた人だった。忍はものすごく喋るのにこれはこれで謎だった。

〝京で一番の比翼連理の鴛鴦夫婦〟の片翼がこんなだと、誰が想像できただろう。

「うちの北などわたしがよその邸の女房に手を出したというだけで、最近ものを投げるようになった。妙なことを憶《おぼ》えてしまった」

祐長が頬杖《ほおづえ》を突いて遠くを見ているのが羨《うらや》ましいような。

「やはりそれが人並みなのですね！」

「男にはいろいろつき合いがあると理解してほしいものだ」

「わたしは、うちの女房に手を出してくださいなどと頼んだ憶えはありませんが。最近お通いがないと譲葉が嘆いておりますよ」

「男にはいろいろあるというのをお前が一番理解していないな。お前も人並みでない」

と兄が目を細めて祐高を見る、視線が痛い。

「どうしてそんな女のために清涼殿《せいりょうでん》で太刀《たち》に手をかけることができる？」

「いや、あれは朝宣《とものり》が……」

「言いわけするな」

——数日前、友人の衛門督《えもんのかみ》朝宣が忍に夜這《よば》いをかけてきた。こちらは京で五本の指に入る漁色家《ぎょしょくか》、友とはいえいつかそうなると思っていたので満を持してというか。

幸いにしてすんでのところで追い返したので妻は無事だったが、朝宣は全く反省の念がなくへらへら笑って
「これで一層《いっそう》、北の方への愛が増したろう？」

などと偉そうにのたまった。

いよいよ斬って捨てるしかないとなったのが昨日。

だが決意した場所が悪かった。よりにもよって高級貴族の居並ぶ清涼殿は殿上《てんじょう》の間――すぐ近くに帝《みかど》の玉体がおわした。

――兄と皆が止めてくれたので抜刀には至らなかった。誰も怪我《けが》をしなくてよかったのが半分、朝宣を殺せなくて悪かったのが半分、「理由があってもそんなところで刀を抜くな」がもう半分。正気に返ると自分でもその言いわけは通らなかった。

祐高はその場で叱責《しっせき》を受けて自邸に帰された。

その後、合議などあって多分謹慎なり何なりの沙汰《さた》を言い渡されるのだろう――

「我が家は傍流《ぼうりゅう》なれど摂関家《せっかんけ》、もしもお前がぎゃ、逆臣などと指さされたら世の中はお終《しま》いだ。昇殿《しょうでん》を禁じられでもしたら御家《おいえ》の恥」

〝逆臣〟という繊細な表現を口にするのに祐長は少し舌を噛んだ。

「わたしが昨日、ほうぼうを駆けずり回って大臣さまなどに頼み込んで根回しして、お前が罷免《ひめん》されたり左遷《させん》されたりしないよう手を尽くしたのだ！　わたしが！　お前が任を解かれるようなことがあればわたしも大将の職を返上すると、親戚筋を脅したりなだめすかしたりしたのだ、わたしが！　血筋をたどれば中宮さまや皇子さまにも累が及ぶ、滅多《めった》なことを言うなと口止めして回ったのだ！」

祐長に胸ぐらを摑《つか》まれて揺さぶられた。……〝多分〟ではなかった。もう謹慎程度で済むのが確定していた。それはそうだった。

不倫疑惑や友人同士の小突き合いで朝廷を転覆させるわけにはいかない。祐高卿は従三《じゅさん》位《み》で兵衛府《ひょうえふ》と検非違使の長官で中納言《ちゅうなごん》、若くして重臣なのだ。主に親戚の力で。

彼が転んだら一族全員が迷惑する。兄に「家の恥」と言われると返す言葉もない。

「反省しているのか、二郎《じろう》！」

「はい、兄上。二郎祐高、兄上と家名を守るために夜這いに来たあの夜に一刀のもとに朝宣を仕留めてしまうべきでした！　己の邸の中ならば夜半のことで暗くてよく見えなかった、賊だと思って斬って捨てたと言えば皆さま、同情してくれたかと！　次はうまくやります！」

「そういうことを言っているのではない！　……そういうことなのか⁉　検非違使の長の自覚があるのかお前には⁉」

挙げ句、兄に摑みかかられた——昔ならそれはひどい目に遭ったものだがここ数年で祐高は急に背が伸びて兄より大きくなったので、背筋を伸ばしているとちょっと息苦しいだけだ。肩を揺すられると烏帽子《えぼし》がずれそうだ。

幸い、みっともない姿になる前に手が離れた。気が済んだらしい。

「——全く、女を手に入れようと決闘するならともかくもう手に入れた女のために争うやつがあるか。喧嘩《けんか》の仕方も知らんとは。朝宣を太刀で脅しても無駄だぞ」

「妻を守ったのです！」

「一晩くらい貸してやればいいではないか、減るものではなし」

「減りますよ！　わたしが触れても減るのに！」

「どうせ朝宣は一晩で飽きる」

「それが許しがたいのです、忍さまを一口かじって返すなど！　わたしを殺して奪い取るくらいの覚悟で来い！」

「我が弟ながらおかしなやつだな。大恋愛の末に結ばれたわけでもないのに」

祐高は必死だったのに祐長は冷ややかだった。

「男は聟《むこ》に入って女に飯を食わせてもらって一人前だというのにお前ときたらいつまで経《た》っても母上の世話になりっ放し。父上も一向に縁談を持ってこないし、このまま実家で養われてぼーっと生きていくのかと思ったら不憫《ふびん》で。せめて家柄だけでもちゃんとした姫君に世話してもらえるようわたしが適当に見繕《みつくろ》ったのに、そこまで本気になるか？」

「最初はてっきり、兄上が少し遊んで気に入らなかった女をわたしに押しつけたのかと思っていました」

「かわいい弟にそんなことをするか」

「はい、大いなる誤解でした」

他はどうあれ忍が貞淑《ていしゅく》な妻だというのは確かだったし——兄なら忍の本性を知ったら祐高に押しつける発想にはならないと思い直したのだ。「あれは天魔の化身だからかかわるな」となる。

「純情なお前のためにぱっとしな……浮いた噂《うわさ》のない身持ちの堅そうな清らかな乙女を厳

選したのだ」

さっきは「適当に見繕った」と言ってなかったか。

「わたしたちは傍流でお前は更に次男とはいえ権門《けんもん》の家に生まれた以上、初めての結婚は御家のためであるべきだ。正妻というものは燃え上がるような恋の相手にならなくても仕方がない。だからお前が聟入りした当初〝人の情を解さぬ鬼女にいじめられている〟とわたしに泣きついてきても、すぐに投げ出すな、せめて三年は我慢しろ、嫌なら自力でいい女を探せと思って無視した。お前のためだ、わたしもつらかったのだ——よもやこれほど骨の髄まで絆《ほだ》されるとは」

そこで兄の介入があったら今の幸せはなかったのだが、なぜか釈然としない。

「婚家《こんか》の飯を食って背丈が六尺にまでなって。京で一番の比翼連理？　血と争いを好むおぞましい羅刹女《らせつにょ》、一刻も早く僧か陰陽師が調伏《ちょうぶく》してほしいとか言ってなかったか？　今ではお前は三人の子に恵まれた愛妻家ということになっているが道中、何が起きたらそんな？　逆ならわかる、かつて甘い言葉をささやいた女が鬼に見えるならよくある話だ。我が子を産んだ愛《いと》しい妻だったはずなのに今や物《もの》の怪《け》としか思えないと言うなら。お前を捕らえていた恐ろしい鬼が、子を産んだらだんだんお前もその気になって愛しい女に見え始めたとは何だ？」

「ええと……」

——まずい。どれもこれも言った憶えがある。兄から見れば祐高が狐《きつね》に化かされているように思うだろう。京は言霊《ことだま》の力が強いのだ。迂闊《うかつ》なことを口にしてはいけなかった。

「さては鬼だの羅刹だの大人の真似《まね》をして言ってみただけで戯れ言《ざれごと》だったのかと思っていたらお前は急にとち狂って、よりによって清涼殿で太刀を？　それこそ鬼に憑かれたとしか思えない所業、一体何が真実なのだ？　お前の邸の北の対《たい》には何がいる？　変幻自在の物の怪か？　子を産んだら女は緩むものだが逆に締まるようになったとか？」

「そんなことではありませぬが——忍さまのよいところを語ったら、兄上も忍さまに興味を持って寝所に入り込んだりするのでは」

「痴《し》れ者。わたしは朝宣とは違う、弁《わきま》えている」

——どうだか。兄といえど京の軽佻《けいちょう》浮薄《ふはく》の好色男だ。女が絡むと祐長は全く信用できない。高貴な姫君より目下の女が好きだと評判ではあるが。

「二郎、お前はわたしにとってこの世でただ一人の同腹の弟。わたしに娘がいたらお前にやってもいいとまで思っているのだぞ」

「いないでしょうが」

「混ぜっ返すな。お前は真面目だけが取り柄と思っていたのに。もう二度と馬鹿な真似をするなよ」

檜扇《ひおうぎ》で軽く肩を叩《たた》かれた。

真面目だけが取り柄。祐高もそう思っていた。取り柄がなくなったら兄に見捨てられるのだろうか。祐長の〝真面目〟の定義は祐高が思っているのと違うようだが。

今回は愚直なばかりの祐高より、人に頭を下げて回る祐長の方が真面目と言える。朝廷を支える臣下として不忠の誹《そし》りを受けるところを兄に尻拭《しりぬぐ》いをさせて。

「……申しわけありません、こたびはわたしの軽率ゆえに兄上にご迷惑をかけました。弟は兄を助けるべきなのにわたしのために兄上に頭を下げさせるなど言語道断。あってはならないことでした」

考え込むと純粋に謝罪すべきと思い、頭を下げた。

「うん、わかればよいのだ」

上を向くと、祐長がひしと抱き締めてきた。

「本当に頼りにしている。息子たちよりも」

——十歳にもならない子と比べものにならないのは当たり前だ、大袈裟《おおげさ》な人だと思いつつも、悪い気はしない。

「酒でも飲むか。久しぶりに忍の上の話でも聞かせろ」

「兄上にはとても信じられないことばかりですよ」

兄には忍のことをどんな風に語っただろうか。結婚した当初の頃といえば——

2

祐高が忍の上と結婚したのは十四歳のこと。権門の貴族としては遅かった。どこも姫君の親たちは若君が十一や十二のほんの子供のうちに目をつけて娘聟として囲って、そしてよそに女を作られて泣くものだった。どこもかしこも。

その日、邸の一番奥の忍の部屋に通されたとき、二人の間には御簾が下りていて十六歳の妻は灯《あか》りがあっても影しか見えなかった。新婚にしてはよそよそしいが、公卿の姫君は誇りと品格というものを重んじなければならないのだろう。

「ど、どうも、忍さま、ええと、その」

「祐高さま、ご機嫌よろしゅう」

澄んだ声がして香の匂いばかりが立ちこめる。今日は白檀《びゃくだん》が強く涼しげだ。

「日が暮れる前にいらしたと聞いたのにもう真っ暗じゃないの。こんな時間まで何をなさっていたの」

「お、お義父上《ちちうえ》が御酒《ごしゅ》を勧めるので、おつき合いしておりました」

祐高は緊張して声がうわずってしまった。女と話すのは慣れない。母や妹しか知らず、女房と小粋な会話を交わすような真似は苦手だった。

「お義父上は娘ばかりで息子がおらずわたしのように年若い男子《おのこ》と酒を酌み交わすのが楽しいとのこと、いつまでもお引き留めになって」

「ええ、あなたのような息子がほしかったとおっしゃっているとか？　わたしにはそんなことはお世辞でも言ってくださらないのに」

「そ、そのような。若輩者をからかうのが面白いだけですよ」

飯を食わせてくれるのはいいが、正直、酒は得意でなくて飲まされて困っていたのに。苦いだけで美味と思わない。義父と仲よくして妻に嫉妬されるとか――

それきり、長い沈黙があった。

祐高は謙遜《けんそん》したものの、そこからつなぐ話題が思い当たらなかった。歯の浮く美辞麗句は不得手だったし忍に語っても無駄なのは目に見えていたし――

しかし沈黙して過ごすには一夜はあまりに長い――何で結婚なんかしなければならなかったのか――ずっと実家にいてはいけないのか――

「――ご昇進なさったんですって？　検非違使佐《けびいしのすけ》になられたとか」

沈黙を破ったのは忍だった。

「検非違使佐って罪人を鎖につないで笞《むち》で打つと聞いたけれど、あなた、笞を取って罪人を打つの？　盗人《ぬすびと》とか乱暴者とか？」

「しません」

祐高は即答したが、忍がなぜかうきうきした口ぶりだったのが気になった。

「笞で打つのはもっと下の官ですし佐《すけ》は今、三人いるのでそんな人聞きの悪……大層な役目はわたしより年長の者が命令するのです」

「そうなの？　あなたのような小さな若君がむくつけき大男を笞打っていたら面白いかと思ったのに」

何が面白いのか、忍は本当にくすくす小さな声で笑った。

さら、と音がして冷たい感触があり、祐高は思わず手を引っ込めた。

「逃げないでよ」

御簾から小さな手の先が覗《のぞ》いていた。祐高が戻すと姫君の指が胼胝《たこ》などをなぞる。

「あら、お背は小さいのに手は大きいのね。手の大きい男はもてるのよ」

手の冷たいのにぞっとしていた。乳母《めのと》と全然違った。

「……手など触って楽しいですか」

「乳母の手と随分《ずいぶん》違う。ここ、硬い」

「弓の鍛錬で皮が剝《む》けました。そろそろいいですか」

「触られるのはお嫌？」

「慣れません」

「夫婦なのよ、慣れていただかないと」

「それはそうですが」

やっと離してもらったが、出羽《でわ》の雪女の話など思い出した。

「女人がなぜ罪人を鎖につなぐとか笞で打つとか興味があるのです」

「興味を持ってはいけない？」

「それはその……女人はもっと、花とか物語とか……」

「あなた、花や物語の話なんてできるの？」

「あ、あまりわかりませんが……」

「ならお勤めの話が聞きたいわ。検非違使庁というところでは何をなさっているの」

「つまらないですよ」

「聞いてみなければわからないわ。何か話してくださらないと。お父さまとはたくさん話して仲よくなったのでしょう？　わたしとも話してくださいな」

「ええと。今日はさる大臣さまにご挨拶《あいさつ》に行きました。大臣さまの下人が二人」

祐高は挑発されているように感じて、半ば自暴自棄で脅かすつもりで言った。

「女を巡って殺し合い、片方が死んで片方を検非違使佐であるわたしが引き取り、獄につなぐことに」

流石《さすが》に忍は息を呑《の》んだようだった。

「お、面白そうじゃないの」

「そうですか？」

「お若いのだから淡々と弓や馬の修練などなさっているのかと」

「普段はそうです。――わたしは人殺しなど恐ろしいので己で縄を打ったりしませんよ。捕らえるのは下官に命じて、大臣さまにご挨拶をしただけです。……面白いですか？」

「とても」

「人殺しなど気味が悪くはないですか」

「わたしの前にいるのではないし」

もう少し怯《おび》えてもいいのに、忍は笑い声を上げた。

「女を巡って男が殺し合うなんて痛快だわ。薫大将《かおるだいしょう》と匂宮《におうのみや》もどちらが浮舟《うきふね》に相応《ふさわ》しいか殴り合って決めればよかったんじゃないかしら。浮舟は宇治川《うじがわ》に身を投げて一人で死のうとしたけれど、男にも何か損をさせるべきだったのよ」

「そ、そうでしょうか……」

「そのお話、詳しくお聞きしたいわ。こちらにお入りになって」

先ほどの白い手が御簾を少し上げた。

――高貴の姫君の御簾の内に入れるのは夫だけ。祐高は正式に結婚して父親に大歓迎されているのだから「こんばんは、お元気ですか」とか言ってさっさと入ってもよかったが、まだ日も浅く無粋が過ぎるので忍に招かれるのを待っていた。

「――失礼します」

御簾の端の方をめくってくぐると、薄絹を垂らした御帳台《みちょうだい》が目に入った。中は若夫婦のために色とりどりの唐綾《からあや》や錦の寝具が敷き詰めてあるのだろう――急に鼓動が速くなった。血が巡るのか頭も顔も胸の中も熱い。酔ったせいだと思いたい。

「太刀でもって切り結んだの？」

だのに肝心の忍がこうだ。螺鈿《らでん》の脇息を使うようこちらに押し出す。長く髪を垂らして五色の衣をまとい、白粉と紅を刷いた十六の乙女。天女と見紛《みまが》う花のかんばせ。どうしてこんな甘い目の少女が好き者だらけの京でこれまで誰にも手折られずにいたのか――

どうしてって性根がこんなだから父親が必死に隠していたのだ。変な男に弄《もてあそ》ばれた挙げ句に「姫とは名ばかりの女鬼」などと噂されてはたまらない。

「いえ。くだんの下人どもは同時に同じ女に言い寄って女がどちらと添うとも決めかねて、こうなったら神意を問うと、二人でとある小さな社《やしろ》に参ったそうです。すると社にきのこが供えてあって」

祐高は勧められた脇息を引き寄せてもたれた。

「そこにいた行者《ぎょうじゃ》が言うには自分は流浪の者で、山できのこを採ったのを社の軒先を借りて確かめていたら恐ろしい毒きのこが混じっていたと。近頃きのこに中《あた》って死ぬ者は多いのです。しかしこれも何かの縁、鼠《ねずみ》を殺す薬を作れるかと社で干していたのだとか。下人どもはそれで思いつきました。行者にきのこを煮させ、汁にして」

語りながら自分でも呆れる。――何でそんなことを思いつくのか。殴り合いでもした方がずっとわかりやすい。それを女の御簾の内で語っている自分も自分だ。

「二つの汁椀《しるわん》の、片方は毒きのこの汁。もう片方はひらたけの汁。毒きのことひらたけは行者も日の下でじっと見なければわからないほど似ていて下人たちに見分けはつかない。どちらかを選んで飲み干し、死んだ者が負け。生き延びた方が勝ちで女を手に入れる」

「まあ」

忍は驚きの声を上げるも、目が爛々《らんらん》と輝いて実に嬉《うれ》しそうだ。これも呆れる。女がこんなに楽しそうな顔をするというのを初めて知った。

「死んだのが松丸《まつまる》、生き残ったのが大汐丸《おおしおまる》です。しかし」

祐高は少し勿体《もったい》ぶって、大きく息を吸ってから言った。

「毒きのこの方は汁椀の端が欠けていたのです」

「どういうこと？」

「大臣さまが欠けを見つけて、大汐丸が行者と二人でたくらんでどちらが毒入りか大汐丸だけにわかるようにして、松丸が死ぬよう仕組んだとおっしゃいます。汁椀は木を彫った粗末なもので、大汐丸と行者は欠けなど気づかなかったと申します。質素な暮らしをしている者なら気にしない程度でしたので」

「やっぱり面白いわ、その話。切り結ぶよりずっと駆け引きがあって。えい、やあ、と刀を振る話、どうにも盛り上がりづらくて」

人並みの女は毒きのこ汁の話で盛り上がったりもしないだろう。

「欠けた汁椀ねえ。いかにも不吉だから避けたいような、不吉すぎるから逆に選んでみたくなるような。——女は？　女はどう思っているの？」

「ええと、女は白菊《しらぎく》だったか紅菊《べにぎく》だったか……そこそこの女で、絶世の美女というほどではありませんでした。口もとがむっちりしていて男に持《も》て囃《はや》されるのはわかるような気がしますが、下品《げぼん》の女です」

「まあ、顔を見たの？」

「……事情を聞いただけですよ。白菊は二人が決闘に及ぶなど寝耳に水、まるで知らなかった。だが松丸を死に追いやったのは己の罪でもあり、この上は大汐丸に不実のないよう尽くしたいとか何とか……」

「白菊の女は素直に生き延びた男の妻になる、と」

「それはまあ、死んでしまった者の方がよかったと言うなら生きているうちにさっさと選んで情けをかけてやればとなるからではないのか。……ないでしょうか」

「敬語は使わなくていいわよ。わたしたち、夫婦なのだから」

「は、はい。使庁《しちょう》としては大臣さまのご意向を重んじるところ。大臣さまが人殺しめ、許せぬとおっしゃるならばわたしはそれに従うしか。だが卑怯《ひきょう》な策があったとしても、松丸が納得して決闘に及んだならば死ぬ覚悟はあっただろう。前触れなく毒を盛ったというほど悪辣《あくらつ》ではない。大汐丸は同等の身分の者を殺したとして近国《きんごく》に流罪、辺りが落としどころかと思……思うのだ」

「いかさまを見抜けなかった方にも責任がある、ということね」

忍はもっともらしくうなずいた。

「流罪になったんじゃ白菊の女も手に入らない。丸損ねぇ」

「人を殺して損をしたのでは何をしているのだか。そもそも決闘に毒きのこを使うなど聞いたこともない」

「さぞ噂になるでしょうね。二人とも、太刀で切り結んだり殴り合ったりは不得意な人たちだったのかしら」

「剣術や喧嘩《けんか》が強かったとして、女に相応しいかどうかは関係がないから？」

「女は神に選ばれた者と添うとは大したものね」

そんな凄《すさ》まじい美女には見えなかったが。人には好かれるだろうが神に好かれるほどかというと。忍の方が若くてほっそりとして悪い龍神の生《い》け贄《にえ》に望まれたりしそうだ——子供みたいなことを考えてしまった。

「行者は長く旅をしていて京に入ったのはつい昨日のこと。そのとき初めて下人どもに出会い、そのような話になって大層驚いて、馬鹿馬鹿しいからやめろ、命を粗末にするなと、ぎりぎりまで説得していたと申した。以前から大汐丸を見知っていたようなことはない、と。二人がどうしてもと言うから立ち会ったのにたくらんで片方を陥れたなどと言われるのは心外だ。汁椀は二つとも行者のもので下人は二人とも欠けに気づいた様子はなかった。行者がきのこを煮ている間、二人は互いを見張っていて行者とこそこそ話をしたりしたらもう一人が疑うだろう——わたしはこの行者が一番損をしたと思う。とても嘘をついているようには見えなかった。検非違使の沙汰は予想していたが大臣さまのお叱りを受けるとは思っていなかったようだ。大臣さまの気に入りの下人を殺してしまって、大汐丸も捕らえられてしまっては謝礼も何もあったものではない」

「損、ね。——どうして大臣さまは決闘のことを知ったの？」

「下人二人が神意を確かめる、二度と戻らないかもしれないと他の者に言伝《ことづて》して、大汐丸だけ戻ってきたから騒ぎになったようだ」

「そういうこと」

忍は薄《うっす》ら笑んでいた。龍神が高貴の姫に悪心を抱いて水底に引き込んだとして、忍がこんな風に笑って決闘の話をせがんだら慌てて返しに来るのに違いない。

「――わたし、その勝負、勝てるかも」

挙げ句、凄まじいことをつぶやいた。

「何ですって」

「行者にこう聞くのよ」

忍は左手で檜扇をぱちんと鳴らした。

「〝あなたはひらたけを羹《あつもの》で召すつもりでしたか、お粥《かゆ》で召すつもりでしたか〟」

旅の行者が作るきのこ汁は羹なんて上等な料理ではないだろう。

「お粥と答えたなら勝算があるわ。こう尋ねるだけならただの世間話として疑われることもない」

「どういうことだ」

「米を蒸す鍋を別に持っているか、鍋が一つしかないので米ときのこをいっぺんに煮てきのこ粥にするか――行者は長く旅をしてきたなら鍋のようなかさばって重いものは一つしか持っていないかも。鍋が一つしかないならひらたけと毒きのこを別々に順繰りに煮なければならない。毒きのこを先に煮てしまったら鍋を念入りに洗わなければ後のひらたけの方にも毒が混じるかもしれないから、絶対にひらたけ、毒きのこの順になる。ひらたけの方が冷めてしまう。汁椀のぬるい方がひらたけで熱い方が毒きのこよ」

「本当に？」

祐高は背中がひやっとした。さっき冷たい手で撫《な》でられたのが移ったようだった。

「行者がいくつ鍋を持っていたかご存知？」

「た、確かめていない」

「駄目ねえ、男の方は」

「行者と示し合わせていなくても勝てるのか。では行者に確かめれば大汐丸が――」

「ううん、わたし」

忍はゆっくりとかぶりを振る。

「松丸がこう尋ねて、わざと毒きのこの椀を取ったんじゃないかと思うの」

「は？」

「お気づきでない？　この中で一番損をしているのは行者だけど、一番得をしているのは松丸なのよ」

「と、得？　死んでいるのに得だと？」

祐高は信じられなかった。忍が思い違いをしているのではないかと。

「そもそも白菊の女は決闘など知らなかったのよね。勝った方が白菊と添うとか男同士で勝手に言っていただけよ。神意なんて彼女の知ったことではない。白菊は自分のせいで恐ろしいことになった、死んだ男に申しわけない、どちらの妻にもならず尼になる、とか言い出していたかもしれないわ」

「だが白菊は大汐丸と添うと――」

「神意だから、じゃなくて大汐丸が好きだったからよ。決めかねていたのが決闘に後押しされて決まっただけ。そもそもどうして決めかねていたのかしら？」

「女の心などわからぬ」

「わかるわよ。さっきはあなた、わかってたわよ」

ばっさりと忍は断言した。

「松丸は大臣さまの気に入りだったんでしょう。死んだのが大汐丸だったら大臣さまは同じようにお怒りになったかしら？　粗末な椀の欠けまで確かめたかしら？」

「……大臣さまはまあ、大汐丸の方はそれほど気に入っていなかったかもしれぬ」

「では松丸はそのまま生きていれば下人なりに役人などに取り立ててもらえたのではなくて？　出世しそう。――なのに〝決めかねていた〟。大汐丸の方がいい男なのよ。器量なのか心根なのか他に取り柄があるのか。逆に松丸は死んでしまっても諦《あきら》めがつく程度だったのよ」

「な、何だと」

女は何て惨《むご》いことを言うのかと思った。

「では松丸はさほど好かれていなくて。白菊に言葉で断ってもらえばよかったのか」

「そうねえ」

祐高は自分が好かれていないと言われたような気分になった。

「決闘などするだけ損だったのではないか」

「損だったのよ」

「そんなことで大汐丸まで人殺しになってしまって。白菊が一番悪い。白菊が殺したようなものだ」

「いいえ、白菊は悪くなどないわ。松丸はここで死ねば得があるのだから」

「自分が死んで何が得だ」

「白菊に好かれていないことを知らないまま死ねたじゃないの」

まさに鬼の言い草だった。

「大臣さまはわざわざ椀の欠けまで御自ら確かめて怒るくらいなんだから、松丸の弔いをしてやるのでしょうねえ。たかがきのこに中って死んだのでも大臣さまに惜しまれて弔われるのは名誉なこと、と感じ入る下人もいるそうよ。祐高さまは邸の下人が死んだら弔いをしてあげる?」

「よ、よくわからぬ。下人でも邸の中で死んだら死の穢《けが》れが。身体の具合の悪い者は死ぬ前に仲間が寺に連れていく。具合がよくなれば帰ってくるが、そこで死ねばそのまま——下人などはいつの間にか消えてしまうものと」

「そう、下人って消えてしまうの。死んだら化野《あだしの》や鳥辺野《とりべの》に骸《むくろ》を打ち捨てるだけで弔いをしない。邸の中で死んだら主の邸を穢したとして怒りを買っても悲しまれはしない」

——祐高や忍は身分が高いので死んだら寺で弔ってもらい、高僧が法要も営んでくれるだろう。親戚や子孫が長く「こんな人がいた」と語り継ぐ。

だが独り身の下人に語り継ぐ名はない。

「松丸は邸の外で死んだので大臣さまに他の下人より立派な葬式を出してもらう。それで大汐丸を人殺しの罪人にして検非違使に捕らえさせ、白菊との仲を裂いたわ。決闘で死んだから。愛のために命を懸けた男になったから。特別な人になれたのよ」

毒きのこの決闘の話は何年くらい語り継がれるだろうか。案外、何百年も伝説になったりするものか？　そんなことをする者は滅多にいないだろうから。

「そもそも決闘をするほど懸想《けそう》する女なのに好かれていない人生、生きていたっていいことなんかないわ。死んで名を残す方が得」

忍は少女の顔で笑う。人の血が流れていないようだ。

「……言葉で振られて生き続けるより、何も知らないまま死んだ方が幸せだと？」

「何か不思議？」

「命あっての物種という。生きている方が幸せに決まっている」

「祐高さまは恋をご存知ないのねえ。恋が叶《かな》わないなら死んだ方がまし、という人はたくさんいるのに。薄々好かれていないのを知っていたとして、言葉ではっきりとどめを刺されずに済んだのって幸せなものよ」

忍はくすくす声を上げたが——

彼女は知っているとでも言うのだろうか。

反論したかったが言葉を呑んだ。

義父が酒の勢いで洩《も》らした話では、姉姫の結婚がうまくいって子の一人も授かればそれで御家は安泰ということにして、忍はこの性分だから一生行かず後家でも仕方がないと諦めていたそうだ――

帝の妃《きさき》にと考えたこともあったがこの気性では後宮《こうきゅう》でやっていけるはずはなく、さりとて気位《きぐらい》の高い娘は好みの男を引き入れるなんて器用な真似ができそうもなく――

姉姫の聟君が浮気者で結婚生活が破綻しそうだったので急いで忍の引き取り手を探したのだと。義父は賢そうな若君が見つかってよかった、軽薄な男子はもう懲り懲りだと、揉《も》み手《で》して祐高に酒を注いだ。

賢そうとは。

臆病そう、の間違いではないか。

祐高がちびで言いなりになりそうだから選んだのだろう、義父も忍も。

恋が叶わないなら死んだ方がまし？

今、生きているではないか。

物語か何かで読んだ話では？

自分だって大人ぶっているだけのくせに。

「命懸けの恋に呪われる恋人たち、何だか憧れるわ」

彼の心も知らず、忍が暢気《のんき》につぶやいた。

「……憧れ？」

「死霊に囚《とら》われて引き裂かれる男と女。どんな気持ちかしら。今頃、獄で大汐丸は決闘なんかしなければよかったと嘆いているのかしら」

忍の手が触れた。命を吸われそうに冷たくて身が縮む。

なのに不思議と息や肌は温かい。

柔らかい。

何を思っていても温かく柔らかいのに触れていると心がその中に吸い込まれてしまう。考えたことが全部無駄になってしまう。

椀の欠けとか鍋の数とかどうでもよくなってしまう。

ひどい、と思う。

「松丸に陥れられたのか、松丸を陥れたのか。何にしても祐高さまはうんと惨い刑を科すといいわ、殺したのが罪じゃなくて生き延びたのが罪よ。白菊の愛の分だけ愛される男を苦しめるの。白菊が答えを迷った時間の分だけ、愛する男を苛《さいな》むのよ」

忍の吐息が一際《ひときわ》涼やかに香った。衣香《いこう》とは違う、薄荷《めぐさ》の匂いだろうか。

祐高を御簾の外で待たせている間に葉《は》を食んでいたのだろうか。こちらはさぞ酒臭いだろうに。

日暮れ前にも、祐高が邸に来たと聞いて食んでいたのだろうか。

ずるい、と思う。

陰惨な話を好む鬼女ならそれらしく醜い姿をしていてくれればいいのに。

やはり女に決闘の話なんかするべきではなかった。

獄の内と外に引き裂かれて泣いている恋人たちがいるのに、自分は忍の寝所で薄荷の匂いを嗅いでいるなんて申しわけなくてならない。


叶わないくらいなら死んだ方がまし、そんな恋を祐高は知らない。

十四歳の祐高にとって恋とは夜空の月のようだった。見えていても手が届かない。

義父は笑って、月がほしいなら盥《たらい》や桶《おけ》に水を汲《く》んで水面《みなも》に映せばよいと言った。何なら酒盃《しゅはい》に月を映して、飲んでしまえばいいと。

忍に恋を教えてくれれば立身出世、どんな願いも叶えてくれると言った。

——盥とか桶とか小理屈だ。言葉遊びでごまかしているだけだ。

祐高は仙人となって瑞雲《ずいうん》に乗ったり不思議な羽衣をまとったりして、空を飛んで月に至りたいのだ——

しかしそんなことを言ったら笑われる。仙人になどなれるはずがない。

義父の言う通りに酒盃に映った月を飲むしかない。

月には少しも手が届かないが、酒が心を慰めてくれる。この味を憶えるのが大人になるということなのか。

空にあるより近くに見えて、月のことをわかったような気にもなる。

恋をした気になる。

死んだ方がましなんてあんまりだ。

3

祐高に下された沙汰は謹慎どころではなかった。

殿上抜刀の顚末《てんまつ》として、彼に科せられたのは〝とある神社の掃除〟――

とはいうものの日々、境内の汚れや塵芥《ちりあくた》を掃き清めたりするのは社に住む宮司や神人《じにん》の勤めだ。

このたびは検非違使庁の別当として、社の建物の修繕や玉砂利の入れ替えなど大規模な普請《ふしん》をしろと。

作業自体は使庁の下官が行うので、祐高がするのは〝実費の負担〟――

しかも表向きは刑罰ですらなかった。

「帝に待望の皇子がお産まれになった祝いに、検非違使庁総出で神社を清める」

全くお咎《とが》めなしでは示しがつかないが騒ぎにすると蔓《つる》がどこまで手繰られるか。兄の〝根回し〟の成果なのだろうか。皇子がお産まれになって随分経つが今頃祝いか、と悪態をつく者がいないではなかった。

「わたしのために夫が罰を受けるなんて、悪い女になってしまったわ」

忍はよよ、と嘆いたりしていたが格好だけだ。彼女は「そんなことなら衛門督朝宣を仕留めておけばよかった」派だった。

勤めを終えて邸に戻ると、忍は北の対で夕餉《ゆうげ》の膳を用意していた。もう日が暮れそうなので子供たちは先に食べ終わって休んでいたが、彼女だけ手をつけずに待っていた。

「お疲れでしょう、吾《あ》が君《きみ》」

祐高はこの八年で随分背が伸びたが、忍は子を産んでふっくらし、少女の頃は細かった髪も黒々とするようになった。兄は若い女が好きらしく十六歳の譲葉がお気に入りだったが、祐高から見るとやせすぎて顔が青白かった。側女《そばめ》としてさしあげようとも言ったのだが祐長はわざわざ通うのがいいと言う。

祐高は太った女が好きなのではない。三人目の子を産んで以来、忍は数ヵ月もやつれたり戻ったりを繰り返している。乳母をつけていても彼女は彼女でやや子の世話に心を砕いているらしい。今日は少し顔色がよかった。

夕餉の主菜は鯉《こい》の洗い膾《なます》だ。真面目にしていればいいものを食べさせてやる、というのも彼女の出した結婚の条件だった。世の女君は男君を口説くのにそんなことを言わないらしい、と知ったのは最近のことだ。

鯉の肉は新鮮で歯応えがあり、塩でも醤《ひしお》でも酢でも美味《うま》い。

「大変だったぞ。鎮守の森の木の枝を払い玉砂利を入れ替えたら、出るわ出るわ」

「何が？」

「骸だ。——化野や鳥辺野に民草が打ち捨てたものを野犬が漁《あさ》って頭や手足だけ持ってきて、後で喰《く》らおうというのか人気《ひとけ》のないところに隠す。鴨川《かもがわ》の川涘《かわぎら》いのときも溺れ死んだ骸が山ほど出てきたが、まさか社からあんなに出てくるとは」

「まあ」

並みの女君なら悲鳴を上げて失神してしまうのかもしれないが、忍は悠然と自分も洗い膾を口にする。白い肉を銀の箸《はし》で紅を引いた唇に運ぶのが艶《なま》めかしい。

「恐ろしくはないの？」

「乾いて干物のようになっているから、あまり。溺れ死には肉の腐ったのが残っているから臭くて怖いが今日のは臭くもなかった。京の穢れを払い主上《おかみ》の徳とするのは使庁の務めだ。——朝宣は見慣れないのかぎゃあぎゃあ喚《わめ》いてそれはうるさかったが」

忍は「骸が出てきた」という話よりもそちらに驚いたらしく、目を丸くした。

「……衛門督朝宣もいたの？」

「いた」

元々、検非違使庁の官人は衛門府と兼任で、半分は朝宣の部下なのだった。

「あれは限りなく検非違使庁の一員、力を合わせて仲直りせよというのか、朝宣もいた」

祐高とは童殿上《わらわてんじょう》の頃からの友人、多分誰かが気を遣ったのだろう。

「骸より下人に昼飯を出すというのにぶうぶう文句を言っていたが」

「ああ、屯食《とんじき》と青菜がどうのというあれ」

貴族は朝と夕の二食で昼に小腹が空いたら菓子をつまんでごまかすのだが、普請をする下人はそれでは足りないので祐高が別当邸の台盤所《だいばんどころ》で握り飯と漬けものを用意させ、昼に配った——それも〝実費の負担〟の一環だった。

京では名うての色男、儀式と宴席以外でものを食べるところを人に見せない衛門督朝宣はこの話に大いに嫌悪感を示した。

「なぜおれが検非違使の別当に任じられなかったのかと思っていたが任じられなくて正解だった、〝臭い、汚い、きつい、けちくさい〟最悪の仕事だ!」

彼にとっては宮中で友人に断られそうになったことより、下人に配った分の米を返せと言われる方が屈辱だったのかもしれない。剣幕を見てそう思った。内裏には女官が多くいるが、武官の勤めは男ばかりでつまらなかったのかも。

「朝宣は儀式や宴席でしかものを食べない。食べているところを人に見られるのが嫌で皆が餅や果物を食べていても食べないし、愛人が山ほどいるのに彼女らの前で湯漬け一つ食わないのだそうだ」

「毒殺を恐れてるんじゃないの？　――いえ、多分〝いい男はみっともなく女に食事をせがんだりしない〟とか思っているのね」

「朝宣に限らず、世間には宴の馳走でも一口二口味見する程度にしか食べない人が多い。下人に下げ渡すから無駄にはならんが、後で密かに餅を食べていたりする。腹が減っているならもっと食べればいいのに。理解に苦しむ」

「貴族は仙人の一種だから霞《かすみ》を食べて生きているということにしたいのかしら。女は米や餅を避けて木の実ばかり食べたりするわね。やせたいらしいけど、米を食べないと力が出ないわ」

「女人に力が必要か？」

「力がないと風邪を引きやすいのよ。――この鯉、大きすぎて大味かと思ったけど」

「新しくて美味い」

酒も強飯《こわめし》も進む。

「鯉は滋養があって乳の出がよくなると聞くな、忍さまもたんと食するといい」

「夫君《せのきみ》のお許しが出たので遠慮なく」

「よく眠りよく食べるのが悪いことであるはずがない。妙な見栄《みえ》を張って身体を壊すのが何より悪い。人の親となったからには子らが育つまで長生きさせねば、わたしも忍さまも」

これが祐高の考える〝真面目な結婚生活〟だった。

食後には覆盆子《いちご》をつまんだ。

「さて、これが今日の手土産だ」

一応、夕餉が終わるまで披露するのを待った。

祐高が両手で差し出した布の包みを忍が受け取って開けると――丸い銅の板が出てきた。緑の粉を吹いてぼろぼろに朽ちて、見た目にはがらくただ。

「これは、鏡？」

と忍が言い当てたのは板の片側が平らだからだろう。錆《さ》びて朽ちる前はそちらに顔が映ったはずだった。

「玉砂利に埋まっていた骸が抱いていた鏡だ。女の骸だった」

そんなことを聞いたら誰でも怯《ひる》むはずだったが、忍は鏡をじっと見つめた。

「女とわかる程度には新しい亡骸《なきがら》？　匂いがないけど。血肉がついていたらあなた、持って帰らなかったでしょうし」

「うん、乾いて骨と皮になって衣もすっかり朽ちていたが、女は尻が大きいので見慣れた者ならそうとわかるとか。乳は骨が入っていなくて皮袋のようだったが尻は骨が入っているのだ。干物のようでさほど恐ろしくはなかった」

「そんなもの出てきたらさぞ大騒ぎだったでしょうねえ」

忍はころころと笑ったが――

これは多分、彼女が思うより奇妙な話だった。

4

「……大丈夫です。社の穢れを祓《はら》うのに御寺《みてら》の僧都《そうず》と陰陽師を呼んでおりますから。そちらに控えております」

検非違使佐右衛門佐右近少将藤原純直《うえもんのすけうこんのしょうしょうふじわらのすみなお》ははしゃいだ顔を引き締めて声を落とした。

祐高のいとこだが今をときめく関白の孫で太政大臣《だじょうだいじん》の嫡男《ちゃくなん》、十七歳で従五位《じゅごい》の少将でも十年も経てば大臣さまになるのが確定している。検非違使佐など名前だけの腰かけで一年やそこらでやめてしまうはずだった。

なのに彼は〝検非違使として京の穢れを祓う勤め〟にやたらと意欲的で今日も正体不明の頭や手足がごろごろ出てくるのに浮かれてけらけら笑っていた。性根が幼いと死ぬとか殺すとか言うだけで面白がる、そういうものなのだろうか。見た目は明るい美少年で宮中の人気者なのに気が知れない。

しかし鏡を抱いた亡骸などといういかにもいわくありげなものが出てくると、仔犬《こいぬ》のように背を丸めて上目遣いでこちらを気遣った——恐らく祐高よりは、血腥《ちなまぐさ》いのに慣れていない朝宣を。

参議右衛門督源朝宣《さんぎうえもんのかみみなもとのとものり》は洛中《らくちゅう》を警護する右衛門府の長官《かみ》ということになっていたが、武官といっても名ばかりの和歌と漢詩と美女を愛する色男——つまり絵に描いたような文弱貴族だった。純直は一応上官と重んじているらしい。

「僧都と天文博士にまじないをしてもらえば何も恐れるようなことはありません」

この京で死穢《しえ》は祟《たた》りをなして疫病を呼ぶ最も恐ろしいもので、検非違使は京を守るためにあらゆる罪穢れを祓い清めなければならない——犯罪ばかりでなく——そもそもこの神社を清めるというのも、陰陽寮《おんみょうりょう》で決めたことだった。

「天文博士」

朝宣が純直の言葉を繰り返した。

「はい、かの安倍晴明《あべのせいめい》の末裔《まつえい》で京で一番のまじない師と名高い天文博士です。主上の覚えめでたく——」

「そやつはこの、骸を蘇《よみがえ》らせたりできないものだろうか」

「は？」

二十四歳の上官が急にたわごとを言い出したので、十七歳の少将はついさっきまで遊んでいた棒きれを見失った仔犬のようにきょとんとした。

かくして陰陽寮の英才、天文博士安倍泰躬《やすみ》が境内に登場することになった。当初、想定されていた目的とは大分《だいぶ》違う形で。

「天文博士、参上いたしました——」

「安倍晴明は大層な儀式で死者を蘇らせたと言うぞ！　そちにはできないのか！」

「は？」

白い浄衣《じょうい》をまとい、幣《ぬさ》やら榊《さかき》やら持った童子を二人従えて神秘的なたたずまいで現れたのに、いきなり無茶を言われて天文博士もきょとんとした。

今この間も周囲では放免《ほうめん》たちが玉砂利を運び、下官が「そっちとそっちで高さが違うから均《なら》せ」と指示をしている――横で見ている祐高の方が呆れたし恥ずかしくもなった。

「朝宣、おかしなことを言うな。困っているだろうが」

十七歳の純直が妙なことを言い出すのはまだわかる。

二つ年上の朝宣は祐高にとっては兄より親しい幼馴染《おさななじ》みで、女癖が悪い以外は落ち着いた大人だと思っていたのに。天文博士は更に十ほど上だ。

「おかしなこととは何だ、安倍晴明が死人を生き返らせたというのはそっちが言っていることだろうが」

「何とかいう偉いお坊さんを生き返らせたんですよね。まじないで弟子の寿命とすげ替えて。後どこの誰だったか、白骨をつないで不思議な香を焚《た》いて生きた人間を作ることができたとか。そうして生き返った人が公卿《くぎょう》にまでなったが、秘密を洩らすと術が解けてしまうとか」

こちらがまだ幼い純直の微笑《ほほえ》ましい本物のたわごとだ。何かのたとえ話が大袈裟になったものと思う。

「非業の最期を遂げた美女、蘇らせてしかるべきだろう」

「美女?」

言われて、祐高はしげしげと骸を見直した。

玉砂利の下から出てきたのは、赤子のように身体を丸めた人の亡骸が丸々一体——縮んだのかかなり小柄だ。目と口の開いた髑髏《しゃれこうべ》が少し怖いが、それ以外は茶色く乾いて煮堅魚《かつおぶし》のようだ。木乃伊《ミイラ》や胎児の肝は薬になると、密《ひそ》かに市《いち》で取引されているとも聞く。

「これのどの辺が美女だと?」

「鏡を抱いていた。神鏡の力で封じなければならなかったのだからよほど無念を残した美女だったのだろう」

「美しくなくても恐ろしい物の怪の類《たぐい》なら封印しなければならないのでは?」

「恐ろしい女の物の怪が美しくないはずがないだろう」

やっぱり何をどう聞いても無茶苦茶だった。山姥《やまんば》などは美しくないのでは。

「泊瀬《はつせ》の衣通姫《そとおりひめ》は実の兄と通じた罪を咎められて伊予《いよ》で客死したとか。美人薄命だ」

「生き返らせていいことがあるとは思えんが? どう考えてもここに埋まっているはずはないが?」

話しながら祐高が呆れていたのは、途方もないおとぎ話だからではなく。

朝宣には今、何もしなくてもそのままで若く瑞々《みずみず》しい恋人、どこぞの姫君や受領国司《ずりょうこくし》の娘や女房などが十人、二十人もいるはずなのになぜわざわざこんな漢方薬の材料に色気を出すのか。檀林《だんりん》皇后は己が死んで朽ちていくところを絵図に描かせて生者の美しさなど儚《はかな》い、仏道に帰依《きえ》せよと説いたのにまるでおかまいなしだ。

こうなるとただの色好みを超えている。祐高は妻にしか興味がないなんて堅物の変人だとよく言われるが、朝宣は変人でないと言うのか。

「死者を生き返らせるなど道に反すると思うがな。死んですぐならまだしも、とうの昔に骨になったもの。鴨川の川浚いでも死人は山ほど出てきたがあれらを皆、蘇らせてはかえって世の中が悪くなる。畏れ多いことだが貴人を生き返らせて、昔の帝がお戻りになったら主上とどちらを敬うのだ。秩序が乱れる。うちの父だって死んでいるが蘇らそうとは思わんぞ」

というのが祐高の持論だ。何でもできるというのは傲慢《ごうまん》だと思う。

「面白味のない男だな、卿《けい》は。だから殿上抜刀などしでかして兄君に叱られるのだ」

「お前が言うな、お前が」

残念ながら太刀を携えて社の神域に入るわけにいかないので丸腰だ。今日も朝宣を仕留められそうにない。

さて当の天文博士、安倍晴明の末裔であるところの陰陽師は三十半ばだが従者がそばにいても何やら一人、浮いたところのある不思議な男だ。考え込んでいても笑っているような顔は摑みどころがない。

彼の答えは。

「──晴明朝臣《あそん》が泰山府君祭《たいざんふくんのまつり》をもって死人を蘇らせたのはまことです。ただし泰山府君は冥府《めいふ》の神で人の天命を取り替えることができるのみで、術を使えば誰かを蘇らせた分、誰かが死にます。またわたしどもはお役目なれば京の貴族の皆さまの諱《いみな》も産まれた場所も星の巡りも存じておりますが、この亡骸は誰とも知れないので余計に力を必要として、二人ほど死ぬかもしれません」

つぶやいて目を伏せた。

「ほら、やはり天の道に反するのだ。誰とも知れぬ女一人を蘇らせるのに今生きている二人を犠牲にするなど馬鹿馬鹿しい」

祐高が陰陽師に肩入れしたのは、朝宣の方がずっと身分が高いので彼がわがままを言えば陰陽師一族が二人も三人も生け贄を出すことになるかもしれないと思ったのだ。朝宣と対等な祐高が庇《かば》ってやらなければ。

「思ったよりつまらんやつだな、安倍の陰陽師。まさかこのおれを木石《ぼくせき》の祐高卿と一緒くたにしているのか。人の天命を取り替えるのに二人分も必要なわけないだろう」

だが朝宣は一蹴《いっしゅう》した。

「おれは祐高卿の北の方に拒まれて親友に斬られそうになって大変傷ついている。せめて衣通姫に慰めてもらいたいのに生け贄が一人要るとか二人要るとかしようもないことを」

——人の命がかかっているのにしょうもないとは何だ。お前の夜這いが失敗したのと女の亡骸が生き返るかどうかに何の関係がある。

「難波《なにわ》あたりにくらぶれば、だ。陰陽の道に通じているのにただ穢れを祓うしかできないのか」

「心の慰めでございますか」

朝宣の無茶に、泰躬はかすかにため息をついたようだった。

「――口寄せならばできます。憑坐《よりまし》の巫女《みこ》に死に霊《すだま》を降ろして話をさせるのです。巫女を探さなければなりませんが」

「おお。三途《さんず》の川《かわ》の向こう、いや下流の果て、灘《なだ》の海まで見通せるような巫女を探してこい。死者の無念の声を聞かせてみせろ」

「あまり海の方に詳しくはないですが――」

「口寄せ！　わたしは見たことがないのです」

それでなぜだか純直が目を輝かせた。

「巫女とは打ち伏しの巫女のような？　霊能に長《た》けた女が？」

「打ち伏しの巫女？」

「地に打ち伏して神憑《かみがか》りになり、未来を予言するという巫女がいたとか。昔、自分の膝《ひざ》に巫女の頭を載せ、政《まつりごと》の行く末を占ってもらった大臣さまがいたそうです」

「占いで政治をどうこうするとは感心せんが」

祐高はひたすらどうでもよかった。今更、この乾いた亡骸の無念の声を聞いて何になるのか。

「海に詳しくない、なあ」

朝宣はにやにや笑っていた。

「万葉集《まんようしゅう》などでは〝阿倍《あべ》の島、鵜《う》の住む磯《いそ》に〟と言うぞ。安倍の陰陽師にとって海など庭のようなものだろう。巫女より海女《あま》をよく知っているのではないか？」

——何で万葉集？

一瞬だが天文博士の眉間《みけん》に見たことのない皺《しわ》が寄った。

「はて、恥ずかしいことですが風雅には疎くて万葉集などさっぱり。不勉強で申しわけありません。——海など見たこともありません」

「では信太《しのだ》の方か？　泉州《せんしゅう》、和泉国《いずみのくに》。和泉も海だな？　大和川《やまとがわ》を下った辺り？」

「信太は山ですが。わたしが知っているのは淀川《よどがわ》までです」

——何で海？

「やはり狐目の女か？　別におれを気遣う必要はないぞ。そちの霊感を信じている。今夜一晩の代金はおれが持ってやるからじっくり選んでくるといい」

「無調法者《ぶちょうほうもの》です。衛門督さまの意に沿うような巫女が見つかるかどうか」

「天文博士はこれから巫女を探しに行くのか」

朝宣と泰躬で何やら思わせぶりな会話をしているところに、純直が割り込んだ。

「純直、興味があるのか」

「あります！　打ち伏しの巫女、見てみたい！　そなたほどのまじない師が力を借りるほどの女、占いでそんなものを探し当てるのか？」

途端、流れが堰《せ》き止《と》められたような沈黙。朝宣の目が露骨に惑い、泰躬が何か取り繕うようにぽつぽつ答える。

「まあ……急がなければ暗くなってしまうので……衛門督さまのおおせですから、こちらは他の陰陽師に任せて」

「わたしも一緒に巫女を探しに行く！」

「純直はやめておけ。あやしき巫女のいるところ、狐狸《こり》妖怪が出るぞ。何をしに行くかわかっているのか？」

朝宣の声が低くなったが、狐狸妖怪と言われてかえって純直ははしゃいだ。

「信太の森とかおっしゃったが安倍晴明の母は信太の化け狐だとか。天文博士の代になっても化け狐と親戚づき合いが？　狐女の隠れ里などあるのか？」

「出るのは橋姫《はしひめ》で親戚などではないですが、化け狐といえばそうかもしれません――」

泰躬はうなずいた。笑っているような顔をしているので冗談なのか何なのか。

「まあ少将さまもお若い盛り。子供扱いは失礼です。ご自分で行きたいとおっしゃるのをお止めするような無粋な真似はわたしにはとても」

「おいおい」

「衛門督さまがお代を持ってくださるとおっしゃったのですし、わたし一人だけ楽しい思いをしたのでは申しわけないですね」

「楽しいのか、化け狐の里！」

「それはもう桃源郷です。竜宮城？　むしろわたし如き冴《さ》えない中年が行くより少将さまのような見目麗しい若君がいらした方が女狐《めぎつね》どもも喜んで張り切るでしょう。普段は使わないような術で美女に化けるでしょう。陰陽師など一所懸命に祈って生け贄を捧《ささ》げて死人一人蘇らせるのが関の山ですが、女のまじない師は祭文《さいもん》も読まず幣も振らずに空飛ぶ神仙を打ち落とし、日輪をも動かすと言います。その長ともなれば自らの生き死にすら自在に操る普賢菩薩《ふげんぼさつ》の化身であると」

柳のような男がすらすらと夢のような話をするので純直は浮かれた。

「天文博士よりすごいまじない師がうようよいると！　菩薩とは！」

「純直は新婚だぞ」

「衛門督さまがそのようなことをお気になさるとは思いませんでした」

——なぜだか先ほどまでは泰躬が渋って朝宣がからかうようだったのが、純直が加わるようになって逆になった。朝宣は肘《ひじ》で祐高の脇腹をつついた。

「おい、祐高卿も止めんか」

「わたしが？　純直が無謀なのは今に始まったことではない。こやつの趣味は猪《いのしし》狩《が》りだぞ。化け狐でも弓矢で射《い》て倒せばいいではないか」

「そういう話ではなくてだな」

ならどういう話なのか——祐高が返事を待っている間にも、泰躬と純直は歩き出していた。お伴《とも》の童子たちも遅れてついてゆく。

「この際、住吉《すみよし》神社まで行きましょうか」

「住吉とは遠いな！　馬でも日が暮れるまでに間に合うかな」

「舟で川を下ればすぐですよ。ここから鴨川までどれだけあったか……狐どもを脅かさないよう、お召し替えしていただかねば」

「身をやつすのだな」

あっという間に二人は去っていき、後には朽ちた鏡と干物と、なぜか呆然《ぼうぜん》として額を押さえている朝宣が残された。

「……陰陽師め。文句はおれに言えばいいだろうが、純直を巻き込むなよ。おれが大臣さまに叱られる。いやあいつは元から物語気取りで謎の女を囲って妻にするようなやつだが、これ以上道を踏み外して妙な癖がついたら。物の怪に興味があるとはどういう育ち方をしたのだ」

「何だ、朝宣はそんなに化け狐が心配か？　純直は顔が幼いだけでわたしが十七のときより頼もしいぞ」

「祐高卿は本当に木石だな！　敵は橋姫だぞ！」

橋姫といえば川の女神――それも綺麗《きれい》な女だと聞くが。遠くに住む恋人のことをそのように呼ぶとか。

「何を？」

「祐高卿は見たことがないのか？　……ないか」

「口寄せというのは、巫女というが遊女《あそび》の芸だぞ。……遊女もわからんか、卿の知っている遊女は大臣さまの宴席に出てくるようなのだろう。舞いや謡《うた》いに長けて和歌や今様《いまよう》の心得があり、女が見ても楽しい。貴族に近づいてくる者はそういうのだ。衣通姫も女菩薩《にょぼさつ》も遊女のたとえだろうが」

〝衣通姫〟という名は美しさが衣を透けて輝くほどの美女という意味──京の男は女の髪や衣の色など褒めてあまり身体つきを評価しないということになっていたが、建前だ。

「三途の川などと言ったが遊女は川のそばに住んでいるものだ、鴨川、桂川《かつらがわ》、淀川、神《かん》崎川《ざきがわ》。川の上《かみ》の方が上品《じょうぼん》で海に近いほど下品《げぼん》だ。おれは立場があって下品の遊女が集う海の近くには行けないから、陰陽師に代わりに行って連れてこいと。どうせなら己の好みの遊女を選んで見せてみろと。気になるだろう、あれの好みの女。妻ばかりではあるまい」

……それに対する泰躬の答えは「海を見たこともない」「淀川までしか知らない」。

「海にそんな意味が？」

「知らんのは卿と純直だけだ！　純直は十七にもなってまじないやら化け狐やら！　打ち伏しの巫女とかあいつが勝手に言ってただけだぞ！　おれより立場があるだろうが！　そもそも陰陽師はからかっただけであんなに怒って、いい歳《とし》をしておとなげない！」

「ちょ、ちょっと待て？」

話を聞いていて、祐高は声が裏返った。

「では純直が向かったのは」

「難波の海、大物浦《だいもつのうら》に近い遊里だ。京の者は住吉参りの帰りに立ち寄る」

朝宣もため息交じりだった。

「そこまで行けば出てくるのはただの芸達者な女ではない。巫女と踊り子と区別のつかん遊女、社に寝泊まりし、夫のいる踊り子で頼まれれば口寄せや雨乞いなどまじないをして、春も鬻《ひさ》ぐような者だ。しかも川を下ると摂津国《せっつのくに》だから検非違使の力も及ばんぞ。使庁であろうが大臣さまであろうが摂津国の受領を挟まなければ話が動かん」

「無茶苦茶だな⁉　京を一歩出ただけでそんな⁉」

「何で卿は気づかない！　このおれが死人に興味があるわけないだろうが！」

「わたしのせいなのか⁉」

「北の方に振られ、卿の男ぶりに感服し負けを認めたからしばらく遊女を愛《め》でて我慢すると言ったのだろうが⁉　おれの気遣いがどうして伝わらんのだ！」

――世の中は男も女もはっきりものを言わない。駄洒落《だじゃれ》一つ言うのにわざわざ万葉集から引用する。持って回ったたとえ話が多すぎてときどき、祐高には相手が何を言っているのか全くわからない。

実の母、そして十年ほどつき合いのある幼馴染みの言うことであっても。

「いや、お前は全然そんなことを言っていなかった！」

5

「誰か、柳の炭を持ってきて」

忍は女房に小さな木炭を持ってこさせ、鏡を文机《ふづくえ》に置いて紙で覆った。

紙を指先につまんだ炭で擦ると、真っ黒になった――

「柳の炭って柔らかくて火口《ほくち》にするにはいいけれど、手が汚れるの。――これはなかなかのご神鏡だわ、お値打ちものよ」

忍が広げた真っ黒な紙には濃淡で模様が浮かび上がっていた。忍は指先で示す。

「ほら、鏡をじかに見てもわからないけれど獅子《しし》と龍が描かれている。彫金《ちょうきん》ではなく鋳《い》物《もの》でこれほどの細工、普段使いのものではないわ。どこかの塚や陵《みささぎ》に貴人と一緒に葬られたものではないかしら」

「今日の社が貴人の塚や陵だったとは聞かぬ。骸が出てきたのも境内の隅で人が踏むところだった」

「でしょうねえ。こんなにぼろぼろの銅鏡、都が飛鳥《あすか》や難波だった頃のものだわ。その頃の亡骸なんか骨も残っていないでしょうよ。骸と鏡の傷む度合いが違っている。――盗掘されたものよ。これほどのものを売り飛ばさずに亡骸と一緒に埋めてしまうなんて、死霊に祟られるのが恐ろしかったのねえ。そんなに怖いなら寺で葬ってもらえばよさそうなものを社に埋めて？　よほど後ろ暗いものだったのだわ」

聡明《そうめい》な妻にかかればこの通り。

「亡骸に何か恐ろしい傷はあった？」

「骨まで達しているようなものはなかった」

「なら溺れ死にか、紐《ひも》で首を絞めたのね。病死なら郊外の寺で弔ってもらわなければ疫病を広めてしまうもの。全身を水に浸《つ》けなくても顔だけ桶や盥の水に浸けたり、息が詰まるほど身体を曲げて縛ったり、女を苛む方法なんてごまんとあるわ。のどが詰まって息ができなくなるなら水でなくてもいいのかしら？　陰陽師が口寄せなどしたらきっと恐ろしい恨み言を言うのでしょうけど——衛門督が頼んだのはそういうのではないのね」

同じものの話でも、語る人で全然違う。

難波という土地の名も全く意味が変わる。忍の言うそこはいにしえの帝の住まう宮殿で、朝宣が言うのは未知の魔境。

「……純直さま、どうなったの？」

「天文博士が一緒なのだから、賊に攫《さら》われて大臣さまが身代金《みのしろきん》を払えという話になったりはしないだろう、多分……」

「う、海の近くの遊里ってそんなことが起きる場所なの？」

流石に忍は恐れおののいたようだった。知らない人骨には好き放題なことが言えても、知っている純直だと怖《お》じ気《け》づくようだ。

「わからん、朝宣が大仰《おおぎょう》に言っているだけでそこまでの場所ではないのかもしれん。しかし素行不良のあやつが自分で行くのを憚《はばか》るようなところだ。堅物のわたしには見当もつかん」

「姫君育ちのわたしにも見当がつかないわ、昔お父《もう》さまが呼んだ白拍子はただ綺麗で舞い踊るのが上手な人たちで。お母《たあ》さまと姉さまも一緒に見たわよ。わたし、邸に住んで舞いを教えてほしいと頼んでお父さまに叱られたわ」

白拍子は遊女の中でも烏帽子と水干《すいかん》で男装して男舞いを見せる者——多分、忍は今の今までこの言葉を「格好いい女」くらいに思っていたのだろう。

「大納言さまがお召しになるような遊女はそうであろう。わたしもそういうのしか知らん。難波の海には各地から年貢米や絹織物《きぬおりもの》、名産品が集まる。海船《うみぶね》は川を上るようにできておらんからそれらを京に運び入れるのに川を上るか街道を行くか、小舟か荷車か馬に積み替える。なので難波の湊《みなと》には力仕事の荒っぽい男が多く、そのような男を誘う女も荒い——のだと言う。また成金《なりきん》の生受領《なまずりょう》が多く通りかかるので、米一俵絹一反でもむしり取ろうとしていかがわしい風紀紊乱《びんらん》な見世物をするのだとか。わたしも何がいかがわしくて風紀紊乱なのか皆目《かいもく》見当もつかんが」

「裸で踊ったりするのかしら……？　純直さま、どんな目に……」

「摂津守《せっつのかみ》は兄上と親しいから何とかなると思いたい……」

彼の心配をしても致し方ない、なるようにしかならないと思おう。

日が暮れつつあった。

女房が灯台に火を点《とも》したが、もっとしらじらとした光が忍の顔を明るく照らしていた。

忍は簀子縁の向こうを扇で指した。

「祐高さま、何だか月が大きく見えるわ。先月よりずっと大きい」

月は芥子粒《けしつぶ》ほどに見えるときもあるのに、その日、赤紫の空に上ったものは人の頭ほども大きく、面《おもて》の兎《うさぎ》まで見えるようだった——

月の兎は姮娥《こうが》の使い。姮娥は秘薬で不老不死の仙女となり月に飛び上がった。兎が杵《きね》と臼《うす》を使っているのは餅を搗《つ》いているのではない。地上に残った姮娥の夫の分の秘薬を作っている。何千年もかけて。

「これはよい。月見酒ができるな」

覆盆子の残りは酒肴《しゅこう》にしては甘い。炙《あぶ》った若布《わかめ》などつまむか、と思っていたら。

忍がしずしずと畳を下りて膝行《いざ》った。祐高から少し離れたところで止まって振り返り、空中に手を差し出す。

「祐高さま、片目をつむってごらんになって」

「片目を?」

言われて、右手で右目を塞いでみた。

「どう?」

彼女は笑った。

上を向けた手のひらに月が載っていた。そのように見えるのは祐高だけだろうが、月は龍神のまばゆい宝玉のように彼女の手にあった。

「──月が取れた」

祐高も笑った。声を上げて。

「わたしたちのよ」

──もうすっかり忘れていた。

空を飛ばなくても、酒でごまかさなくても片目をつむると手が届いた。

あんまり機嫌よく笑っているのが忍には不思議だったらしい。月を手に載せたままはにかみ始めた。

「そんなに喜ぶ？」

「ずっとほしかったのだ」

「そうだったの。はい、さしあげる」

忍は差し出すように手の先をこちらに向けた。それで一層祐高は笑ってしまった。

忍が畳に戻ってくると、祐高は酒盃を差し出した。

「月をもらった礼だ、忍さまも一献《いっこん》」

「夫君の盃《さかずき》じゃ断れないわねえ」

忍は少しためらっていたが、やがて盃を取って白く濁った酒をくい、と干した。

ふと、祐高は忍がこれまで飲んでいた鉢が気になった。膳のそばにあるのを取ると、茶色い汁が入っていた。

啜《すす》ってみると甘くまろやかな味だ。ほんのり酸っぱくて木の実のような。

「これは何だ？」

「干し棗《なつめ》の煎じ汁。血の巡りをよくして身体を温める。わたし、手足の先だけ冷えるの」

「そういえば昔、忍さまは手が冷たかったな。雪女のようだった」

「まあお言葉。うちでは〝手が冷たい人は心が温かい〟と言っていたのに。――小娘の頃はそれこそ妙な見栄を張っていたのね。子を産んだら我慢が利かなくなって、今は薬湯を飲んで夏でも温石《おんじゃく》で温めてるの。やっぱり温かいと楽だわ」

「わたしはあの頃、忍さまが恐ろしい女鬼で取って食うためにわたしを閉じ込めていると思っていた」

「ひどい」

忍はくすくす笑った。

「ご馳走《ちそう》を食べさせて背を伸ばしてあげたのに」

「その言い方も、わたしを太らせて喰らうつもりなのかと」

「わたしだって最初の頃はあなたが乱暴な人だったらどうしようかと思っていたのよ」

「何と、わたしのような聖人君子をつかまえて」

「清涼殿で御太刀に手をかける聖人君子ね」

……もしかしてあの頃の忍の手の冷たかったのは、本人の言うように冷え性もあるだろうが。

彼女は彼女で聟を迎えるのに必死で緊張して手だけ凍えていたのか。

薄荷を噛んだのは洒落っ気や気遣いもあったろうが、普段と違うことをして気を紛らしていたのか。

男を迎える作法などまるで知らなかった十六の少女。父や乳母、大人たちにせっつかれて手探りで。

片目をつむるだけで同じ景色が全然違って見えた。

――そういえばあのかわいそうな下人たちは、女が男の流刑先について行ったのだ。愛があれば普通の夫婦になっただろう。

犯人は別当祐高

1

昔、博雅三位《はくがのさんみ》という人がいた。皇子の子で管弦の達人で、鬼と笛を交換したとか。その笛〝葉二《はふたつ》〟は献上されて宝物となっている。

この人が内裏《だいり》で宿直《とのい》していたとき、外から琵琶《びわ》の音が聞こえた。夜半にただならぬ美しい音色。もしや盗まれた帝室の至宝〝玄象《げんじょう》〟ではないのか。博雅三位は従者一人を連れてその音を追ってみた。

しかし内裏を出て大内裏を出て、朱雀門《すざくもん》を出て、下京《しもぎょう》に至っても一向に近づかない。ついに京の端っこ、羅城門《らじょうもん》まで来てしまった。音は門の上から聞こえる。

博雅三位が声をかけると、縄でくくった琵琶が下りてきた。玄象だった。

世の人々は「鬼から宝を取り返した」と博雅三位を褒《ほ》め称《たた》えた。今になっても語り継がれている。

この話の教訓が何かと言うと。

帝室の血を引く公卿ともあろう者が従者を一人しか連れずに真夜中に内裏から羅城門まで都大路《みやこおおじ》を歩いて突っ切るのは、鬼すら観念して至宝を返してしまうほどの狂気の沙汰である。

祐高も夜半に琵琶の音を追っていた。

月が明るい頃合いを選んだら随分と遅くなってしまって。いつもは人が賑《にぎ》わう都大路がだだっ広く荒涼としているのが丸見えだ。土塀やら木々やら寺の仏塔やらの影が地面に落ちているのも気味が悪い。

前駆《ぜんく》の声がないと牛車《ぎっしゃ》の車輪が軋《きし》む音が大きく聞こえて一人でびっくりする。車輪は七尺以上、人の背丈より大きいのが二つ、左右で軋んでいるのだから。よその家に近づくとこの車輪の音で寝静まった人々が起きてしまうことすらあるらしい。

祐高は実は牛車が恐ろしい。そんなことを言っていたら生きていけないので、あまり考えないようにしているだけで。

幼い頃、大路でぺしゃんこになった亀の死骸を見た。

猫や鳥は牛車の行列が差しかかったらさっさと避けるが亀だけは自力で逃げきれず、従者が脇にどけてやるなりしないと轢《ひ》かれてしまうのだ。あんなものでも血は赤く、甲羅に生々しい肉が入っていて惨かった。

大きな車輪は亀だけでなく人も押し潰してしまうという——

だからそばで遊ぶなと乳母が言ったのだが、しばらく牛車に追いかけられる夢を見た。従者たちには亀を見たら助けてやるよう言いつけている。

だが今は亀どころではない。

野犬の遠吠《とおぼ》えが聞こえる。涼しげな風などなく、土埃《つちぼこり》の匂いばかり気になる。地面から高いのも今日に限って何となく怖い。

普段なら昼だろうが夜だろうが馬に乗った前駆が牛車の前を行き、近衛府《このえふ》の随身《ずいじん》と自前の家人たちが彼一人のために行列をなして都大路を進む。「別当祐高卿のおなり!」と勇ましい声を上げて。

——今日は牛飼童《うしかいわらわ》と、他に四人しかいない。

大勢いれば野犬でも盗賊でも大声を上げて棒で打ち払えば済むのが全部で五人、祐高自身を入れても六人しかいない。心細い。

いや、祐高は鬼と戦うのではない。忍の奏でる琵琶の音を追っている——ある意味、鬼と戦うようなものかもしれなかったが。

忍は馬寮《めりょう》のとある役人の家にいた。乳母である桔梗《ききょう》の娘の夫、限りなく身内のような赤の他人。

表向きは方違《かたたが》えということになっていた。清水寺《きよみずでら》に参詣《さんけい》することになったが、方角が悪いので一度よその家に泊まって仕切り直す。よくあることだ。

あまりないのは、夜半に祐高が牛車で迎えに行くこと。

ただ邸に連れて帰るのではなく、〝少しよそに立ち寄って〟から翌朝に邸に戻ること。忍が求めていたのは〝愛の試練〟だった。

「ねえ。わたし、あなたと一緒に行きたいところがあるの」

「どこだ。寺か？　二郎の安産のお礼参りに？　石山《いしやま》は去年、清水はおととし行った。遠出なら熊野《くまの》？」

石山寺、清水寺は京の貴女《きじょ》たちが小旅行に出るのにうってつけの場所だったが――

忍の上は思わせぶりに黙った後、

「あばら屋」

勿体つけてにんまりと笑った。

「今、宮中で流行《はや》っている物語をご存知？」

「見当もつかぬ」

帝や后妃《こうひ》の無聊《ぶりょう》を慰めるため、内裏女房《だいりにょうぼう》たちはせっせと物語を紡ぐ。大抵《たいてい》が恋愛小説だ。それは写本となって忍にも回ってくる。意外にえぐい話が多いので祐高はあまり読まないが。

「陸奥《むつ》の君《きみ》は高貴の姫に生まれながら、目が見えない。けれども美しくて琵琶の名手と評判で、その琵琶の音に惚《ほ》れ込んだ中納言を夫に迎えて幸せに暮らしていた――」

その話だけは、帝や后妃ではなく忍に権利があるという。

「でもある日、心ならずも乱暴者の大理《たいり》の君に手籠めにされてしまう。いえ最初は死んでも操《みさお》を守ると拒んだけれど、大理の君に夫の秘密を次々言い当てられて、夫を殺すと脅されて泣く泣く応じることになったの」

「何と。その悪いやつはひどい目に遭うのか」

「まだまだよ。陸奥の君は護衛を増やして大理が入ってこられないようにするのだけれどそれでも大理がやって来るのに女房も乳母も武士たちも誰も気づかないの。一人、悩みながら夫と大理とを交互に迎えるうち、陸奥の君はお腹《なか》が大きくなってしまう。果たして夫の胤《たね》かそれとも大理の」

――これだ。手籠めにされるとか不義密通の子がどうとか。

「陸奥の君はこんなはしたない姿で夫のもとにはいられず大理に知れたら何をされるかと、乳母子《めのとご》の家に身を隠すの。孕《はら》み女の身でくびれて死ぬことはできないから密かに子を産み、その後、一人で出家しようと。でもいざ産んでみると子に未練を抱いて手放すこともできず出家もできず。そこに消えた妻を捜してあちこち訪ね歩く夫が――」

情感たっぷりに語ってから、打って変わってあっけらかんと。

「ということでわたし、ゆえあって乳母子の家に身を隠すからあなた、盗みに来てよ。それで二人、出奔して郊外の隠れ家、あばら屋で愛を確かめ合うの」

「……盗み？」

とんでもないことを言い出して、祐高は狐につままれたようだった。

「物語の不遇の姫君になりきってみたいの。いい女は皆、盗まれてあばら屋に連れていかれるのよ。源氏物語《げんじものがたり》の夕顔《ゆうがお》とか伊勢物語《いせものがたり》の二条の后《にじょうのきさき》とか」

「皆というわりに二人しかいないのだな？」

「訂正するわ、厳選されたいい女なのよ。――わたしたちの結婚はあまりに円満すぎたから。今からでも駆け落ちすることはできないかしら。わたし、これを書いてもらって初めて、美しくて不遇の姫君が大恋愛の末に立派な男君に盗み出されて幸せになる物語のよさがわかったの。今までは何だかしゃらくさいと思っていたんだけれど」

しゃらくさいって。好きで読んでいたのではなかったのか。

「それに桜花が純直さまに盗まれて別荘に隠れていたとき、とても甘美で胸躍る時間を過ごしたって。自慢されてばかりじゃたまらないわ」

「……純直のは古い別荘というだけで多分そんなにぼろ屋ではないぞ？」

「あばら屋の度合いではないの。心持ちよ。もしかしたら男君に置き去りにされてしまうかもという漠然とした不安感が愛を募らせるの」

「何だか危うい話だな」

「そう、わたしたちの情愛には危うさが足りない。――盗むとか駆け落ちとか知っているのはわたしたちだけで、方違えで家を留守するということにしましょうよ。二人だけの秘密の駆け落ち」

「みょ、妙なことを思いついたのだな……」

「だって冬に盗まれて薄着であばら屋に連れ出されたら寒くて困るわ。風邪でも引いたらつまらないし。夏に向けてまだ日差し柔らかなこの季節が一番の駆け落ちの旬」

「駆け落ちは初夏の季語だったのか？」

「男君も一盗二婢三妓四妾五妻《いっとうにひさんぎししょうごさい》と言うそうじゃない。情愛が燃えるのは盗んだ人妻、はした女、遊女、妾《めかけ》の順で妻は五番目。わたしを一番目に繰り上げてよ」

「知らぬ」

何にせよ女が夜中に外出などとんでもない。たまに牛車で女を連れ回す男もいるが戯《たわむ》れと言うには無体であり、貴族の妻がそんなことをされたら「軽んじられている」と嘆くものだと思っていたが。

それに、意図がよく理解できない。

「忍さまは目の見えない姫ではないし子を産んだばかりだが二郎は後ろ暗いところのない我が子であるし、人知れずどころか盛大に誕生を祝って宴《うたげ》をしたし……何よりわたしが全部知っていたら意味がないのでは？」

「あなた、わかりながらそういうごっこ遊びをするのがとても好きなのでは？」

「……そうなのやもしれん」

「不遇な目に遭わなくても物語から不遇の気分だけ借りて盛り上がるの、知的な遊びじゃないかしら」

「ううむ、知的……」

手籠めになどされない方がいいに決まっている。しかし何だか趣味が悪い。

忍が暇を持て余していることだけはよくわかる。何せいつも同じ乳母や女房とばかり話しているのだから。

祐高は腕を組んで考え込んだが、ふと。

「して、物語のその後はどうなるのだ。不義の子は。乱暴者の子でも母に見捨てられてはかわいそうだ」

「夫の中納言は事情を聞いて、陸奥の君の子ならば誰が父親でも我が子として慈しみ育てようと」

「おお、美しい話だ。いいやつではないか」

いくら作り話でも悪いことばかりでは気が塞ぐ。

と思っていたが、まだ続きがあった。

「でも実は大理は中納言の双子の弟なの。それも幼くして死んで物の怪になって、ときどき中納言に取り憑《つ》いて陸奥の君に狼藉《ろうぜき》していたのよ。大理が中納言の秘密を知っているのも邸に自在に入り込めるのも中納言に取り憑いて祟っていたからなのよ。中納言は自分では知らなかったけれど乳母子が全てを知っていて。最後には陸奥の君の琵琶の音に心打たれた観音さまが、物の怪を祓って消し飛ばしてしまうの。めでたしめでたし」

「……めでたし……何だか引っかかるものがあるが……」

筋が通っているのかいないのか、いかにも忍らしい理屈ではある。さては書き手にわがままを言って結末を変えさせたのでは。

「大理というのは検非違使別当の別名だが、わたしと忍さまの話なのか？」

〝陸奥の君〟はごく狭い内輪でだけ使われている忍のあだ名の一つだ。琵琶が得意なのも忍がそうだからだろう。観音さまの心を打つほどかはともかく。

「あだ名程度なら名を貸してもいいかと思って。祐高さまやわたしのこととわかる人は皆、おとぎ話とわかっているから大丈夫よ。わたしたちの名で痛快な作り話をしてくれるなんて感激しない？」

「その話は痛快か……？　腑《ふ》に落ちぬ。てっきり大理は朝宣のことかと思っていたのにわたしなのか」

「わたし、はしたない女ではないもの。引き替えに、いい紙で写本を作ってくれたのよ」

「ますます腑に落ちぬ。忍さまは写本のためにわたしの名を売ったのか」

「そんな大仰に考えないでよ。あなたもみすぼらしい狩衣《かりぎぬ》を着て。女を盗むのだからひっそりと目立たない格好でいらして」

「みすぼらしいようなものなど持っておらぬ。全て忍さまが縫った衣ではないか」

「誰かに借りれば？」

こうして忍の上の〝盗まればやの計〟が始まった。なまじな冗談ではない。祐高としては、陰陽師を呼びつけて相談せねばならない。あばら屋に心当たりがないし、本当に物の怪の出るようなところだったら大変だ。人のしないことをして死んだら末代までの恥だ。

しかしこんなことでわざわざいい大人の天文博士を邸に呼んで。祐高は大層恥ずかしかった。身分を盾《たて》にごり押しするようで。

しかも天文博士安倍泰躬は。

彼はいつでもまぶしげに目を細めて笑ったような顔をしているが、愛想がよく人なつこいという笑みではない。死んだ家族を人知れず偲《しの》んで、天の彼方《かなた》に思いを馳《は》せて微笑んでいるような——そう見えるというだけで妻子は健在だ。不幸があったなどついぞ聞かないのだが、何となく幸薄そうな顔をしている。

それが今日は円座に座って少しぼんやりと、魂まで天の彼方にあるようで——

その挙げ句。

自分で気づいたらしく、泰躬は咳払《せきばら》いした。

「——失礼しました、このところ夜更けまで星見の占いをして昼に寝る癖がついてしまいまして。別当さまの御前で無礼な真似を。平にご容赦ください」

「い、いやかまわない。そんなに夜遅くまで大変だな」

「勤めでございますから。いえ、いけません、こんな気の緩んだことでは」

――彼は会釈して謝ったものの、祐高から見て今のはあくびではなかった。あくびは吸うものだ。

ため息だった。

陰陽師が祐高の顔を見てため息をつくとか。

その辺の下官が眠そうにしていただけならどれほど気楽だっただろう。

「……わたしは死ぬのか？　それとも忍さまや子らに何か？」

「そんな、凶兆などではありません。眠くてぼんやりして呼吸が乱れました、お見苦しいところをご覧に入れてしまっただけで。己の家庭不和で思い悩むことが多くてつい」

「家庭、不和なのか？」

「せがれが気難しくて何かと逆らうのです。勤めで毎日顔を合わせるのにいちいち刃向かって。大した話ではないのです。――御用を。本日の御用件をおっしゃってください」

何だかものすごく出鼻をくじかれたが、こちらも大した話ではないので申しわけないような、みっともない話はお互いさまのような。

「……あばら屋を知らないか？」

「は？」

「いや北が……物語の真似だか何だかで遊びに行きたいと酔狂なことを言い出して。知らぬだろうな、そんな」

「それはお目が高い。いや素晴らしいご趣味です」

泰躬は即答した。自分が失態を晒《さら》した後なので取り繕おうと言うのか――

「あばら屋で密かに逢い引《あび》き、慣れ親しんだ男女が情愛を深めるのにこれに勝る技はありません。別当さまとお方さまにうってつけ。そして陰陽師はあばら屋に詳しいのです」

「そ、そうなのか？」

思いがけず熱を帯びた口ぶり。目にまで力がこもっていて、祐高の方が怯んだ。

「お邸の吉凶の方位を占い、鬼門を封じるのがわたしどものお役目。人が住まなくなると鬼門が緩んでしばしば物の怪が湧きますから。どこでどなたが亡くなったか、京のどなたがどのような経緯で邸を手放したかよく存じておりますし、どこそこのあばら屋が恐ろしいから祓ってくれという頼みが今年だけでも幾度も。祓い浄《きよ》めたばかりのあばら屋をいくらでも存じております。正直、世の色好みの皆さまはもう少し陰陽師にお尋ねくださればは風情あるあばら屋をご紹介できるのに、と歯がゆく思っておりました」

「な、何だかやる気だな……」

「庭に枯れ木がある方がよいですか、ない方がよいですか。朽ち木は危ないのでそれだけ伐《き》ってしまうところもあるのです。月の明るい晩がようございますね、屋根にほどよく隙間や穴が空いていると月の光が射《さ》して風流です。冷える夜は炭で湯を沸かして飲むだけでも気分が高まるものですが。酒を燗《かん》する道具だけお持ちになるのはいかがでしょう」

一言尋ねただけでこの返事。そんなに種類があるものと思っていなかった。祐高が知らないだけであばら屋は今、京で最も雅趣《がしゅ》溢《あふ》れる話題だったのだろうか。

「密かにあばら屋に女人を連れていくくらい、世の男は誰でもやっているのか?」

「まあ珍しいことではないのでそう気張らず。ご心配なら昼のうちに下見をして軽く掃除などなさっては。直しすぎると興が削がれますが床の穴に蹴躓《けつまず》くのもいけませんし」

それで下見をして決めて、当日は念のために泰躬も裏手に潜むことに。

こんなことに他人を巻き込むのは気が引ける、と思っていたのは祐高だけだった。


馬寮の某《なにがし》の家はぎりぎり車宿《くるまやどり》があるだけで庭はないに等しい。ここもよほど公卿の妻女に相応しいとは言いがたいが、押しかけて申しわけないという気持ちの方が強い。桔梗には大変迷惑をかけているだろう。

約束してあるとはいえ挨拶もなく図々《ずうずう》しく奥に押し入ると、果たして几帳《きちょう》の陰に琵琶を爪弾《つまび》く女が一人。

「ああ祐高さま、お会いいたしとうございました。しかし恥ずかしくもあります。心が張り裂けるよう。あなたというお方がありながらよその男にまみえて子まで産んだ浅ましいこの身をお許しください。なぜ琵琶など弾いてしまったのでしょう、あなたに未練があったのでしょうか」

忍はいつもより薄手の小袿《こうちぎ》姿で袖《そで》で顔を覆って小芝居に励んでいた。——それは彼女は昼の間に乳母に連れられてやって来て、琵琶を弾いて待っていただけなのだから。こちらは鬼から至宝を取り戻す大冒険をした気分だった。

「――で、さらうのか。抱いて牛車に乗せればいいのか」

「せっかちねえ。もっとなりきってくださいな」

「どうも気乗りしないのだ」

それで妻の身体を何気なく抱き上げたら――

「お、重い」

腰から変な音がしてよろめいた。このところ剣術の稽古をしていたおかげで何とか持ち上げることはできるが。

「失礼ね。二郎のために滋養をつけて乳をよく出すよう努めているのよ」

「望まぬ子を産んで明日をも知れぬ儚い女の態度ではない」

光源氏《ひかるげんじ》が幼い若紫《わかむらさき》をさらったのは、小さくて身体が軽かったからなのでは？　腕だけで抱きかかえるよりも、忍に肩に摑まってもらうようにした方が楽だった。

「子供扱いされているようだわ」

忍はなぜだか不満そうだったが。

牛車は本来なら男から先に乗るが、さらうということで忍を先に乗せる――

「あ。段取りを飛ばしたわ。――駄目です祐高さま。お邸に戻ればあの人に知られてしまいます」

「ええと。ではよそに行こう。丁度《ちょうど》よいところがある」

「どちらへ参るのです」

「誰も知らぬところだ」

「二郎を置いてゆくのですか」

「あ、えーっと」

というものの思いつかない。

「……やはり何か違うような気がする。なぜこの男はやや子を置いて出てゆく。わたしが聞きたい」

「想像して。わたしは久しくあなたと会っていなくて変わり果てた陸奥の君。己の手の届かないところで辛苦《しんく》を舐《な》めた女よ。密かに子を産んでいたから半年ほど経ってるの」

「うーん」

「死ぬか出家するかと追い詰められていたのよ。あなたの愛だけが頼りなの！」

そう言われても実際の忍が追い詰められていなさすぎる。

しかしいざ牛車を走らせると、先ほどは心細かった夜道がさほどでもない。忍と話していると外を見るどころではなく、車輪の軋む音が遠のくからだろうか。忍の薫香で土埃の匂いが紛れる？

そもそも忍と牛車に乗るのは久しぶりだ。前は、賀茂祭《かもまつり》見物の折。そんなときでもなければなかなか高貴の女君は外に出ない。

彼女のために車を飾り、衣の裾を出した女車に仕立てる。別当祐高卿の令室が貧相な女に見えないように――実際の車内は着飾った忍に乳母がくっついてくるのでぎゅうぎゅうだ。本当は誰のためやら。

唐破風《からはふ》の屋根つきの車に、品格ある豪奢《ごうしゃ》な衣の妻。身分ある立派な男に必要なもの。貴族の世間体。

今の自分は全然立派ではない。

闇《やみ》に紛れ、人目がないのをいいことにみすぼらしい車でわざわざ馬鹿なことをして――忍も御簾を下ろしているとはいえこんな普段着の姿を人に見られたら――

忍はこんな格好で夜半に男と牛車に乗って、どんなはしたの女と思われるか――

「……少しわかってきたような気がする」

「そうそう、それでいいの」

忍が腕に抱きついてくるのに、がらにもなく胸が高鳴った。

一盗二婢、だったか。

「本当にわたしでいいのか」

「あなたさま以外に誰がいらっしゃいましょうか。わたくし、この憂き世がつらく苦しくていっそ死んでしまいたいほど」

それは物語の言葉だったがうら寂しい夜道で聞くと心に響いた。

「死ぬなどと言うな。何もかも忘れさせてやろう。憂き世なぞない。わたしとあなたと二人きりだ」

「祐高さま」

ぐっと忍の肩を抱き寄せて髪を撫で——

「ちょ、牛車動いてるんだけど」

祐高が身を寄せたせいか彼女の声が焦って物語の調子ではなくなった。

「かまうものか。よいではないか」

「ま、待って、ここ、都大路よ」

「どうせ誰もおらぬ。寝静まっている」

「そういうことじゃなくって。う、牛飼童に聞かれる」

ここまでだって聞かれている。

あんまり忍が慌てるので、祐高は御簾の外に向かって声をかけた。

「おい、適当に止めて離れろ」

「えぇ……」

忍が呆れたが、がくんと揺れて牛車の進むのが止まる。——これでよし。

牛車の壁に忍を追い詰めて鬢《びん》の匂いを嗅ぐ。

「あなたとは子をなした仲、全て知り尽くしているのだ。今更恥じ入ることもあるまい」

なぜかするっとそんな言葉が出てきた。

「……祐高さま、あなた大理の君の方になってる」

「そう、わたしはあなたに三人も子を産ませた助平《すけべい》な物の怪！」

堂々と言い放ってみると不幸ぶった男よりそちらの方がよほどしっくり来た。

「口で何を言おうと我が子を慈しんでくれているようだな、もう一人産ませてやろう」

「待って祐高さま、今何か変な足音が」

「ごまかそうとしても無駄だぞ」

夢に浸っていた忍が急速に醒《さ》めて戸惑っているのがわかったが、かえって祐高は気分が昂《たか》ぶった。車が揺れるのをいいことに彼女を抱きすくめた。

「わたしこそあなたの夫だ。逃げられはしない。いずこへ逃れようとも地の果てまでも追いかけて何度でも我がものにしてくれよう」

祐高はにたり、と笑って――

「誰かーっ！　検非違使の方、こちら、こちらに！　あの牛車です！」

不意の大声に虚を突かれ、すくんだ。

「え？」

ばたばたと足音がして土埃の匂いが強くなる。――何やら生臭い匂いもするような。

「何だこの牛車は、誰のものだ！　御簾を下ろして、こんな時間に女車《おんなぐるま》？」

「ぶ、無礼者、こちらの牛車は――」

「どうせこんな夜中に出歩くのは盗人か女たらしに決まってる」

「この刻限、女たらしも閨《ねや》にいるはずだ。何の用事でこんなところに。怪しいぞ！」

何やら外で騒がしい声がした。松明《まつ》の光もちらりちらり見えた。忍を背後に隠し、手を広げたのは反射だった。彼女の顔は何としても人に見られるわけにいかない。忍が背中にくっついて温かい。

おかげで、自分が顔を隠す余裕がなかった。

2

生きるのはつらい。恥しかない。朝までに何度も死のうと思ったが、方法が思いつかなかった。それに「父は牛車で濫吹《らんすい》の行いに及んだのを恥じて死んだ」と子らに伝えられてしまう。子らは「〝濫吹の行い〟とは具体的に何か」と聞き返すだろう。恥しかない。

出家するか。頭を丸めて僧になり、化野のほとりに庵《いおり》を結んで日がな一日、経を誦《ず》して写経して死後の世界のことを考えて残りの人生を過ごす。子らは兄に育ててもらおう。

忍。忍も尼になるのか。

彼女は辱《はずかし》めを受けた上、夫に出家され、尼にもなるのか。かわいそうに。

彼女のことを考えると、彼女を殺して自分は出家するというのが一番いいのか。いや全然よくはない。どんな死に方も痛そうだ。毒きのこは楽なのだろうか。

そんなことを考えていたら朝になって、粥が出てきた。

こんなときに粥なんか食えるか、と思ったが全部食べた。魚の干物も青菜の漬けものも全部食べた。

出家したらこの干物がなくなって粥と青菜だけになるのだ。図体《ずうたい》が大きい分たくさん食べるのにもう青菜ばかりになる。干物はもっと味わって食べるべきだったか。

「殿さま、衛門督朝宣さまがおいでですが」

重い物忌《ものい》みだから客には会えない。帰ってもらえ。

＊　＊　＊

帰ってもらえ、と再三言ったのに衛門督朝宣は寝殿《しんでん》に上がり込んできた。今日は特に色男面が鼻につくと思ったが、線の細い男だから不機嫌そうにしていてもあまり怖くない。

昨夜の話をどんなに嘲《あざけ》られるのかと思ったがそんな雰囲気ではない。

「祐高卿！　卿には人殺しの疑いがかけられているぞ！」

「え」

「それも、おれを殺す陰謀があったと！」

それは昨夜のできごととは全然違った話だった。

「卿は昨夜、珍しく牛車で微行《びこう》していたそうだな。それが検非違使に咎められたと。四条《しじょう》の、山城守《やましろのかみ》の邸と瑠璃宝寺《るりほうじ》の間だ。その辺りで同じ頃、山城守の雑色《ぞうしき》が殺《あや》められた。おれが山城守の娘のもとに通っていたから、おれと背格好の似た男が誤って殺され、それが卿の仕業だと噂になっている。何せ卿は微行などしないたちであるから、遊び慣れた男のように夜半にただふらふらと女のところに行ったとは誰も信じていないのだ。——馬鹿にした話だ、おれが山城守の娘に通っていたのは半年も前なのに！　おれの友人がそんなところで待ち伏せするはずはないだろう。濡《ぬ》れ衣《ぎぬ》だ！」

祐高の返事も待たずにまくし立てた。いつもの風雅な色男の剣幕ではない。

来客は彼一人ではなかった。普段あまり見かけない眉が太くて目つきの暑苦しい青年が純直より手前にいる。

先触れによると三位中将《さんみのちゅうじょう》だ。京の公達《きんだち》と思えないほど気が強くて凶暴で有名だが、意外に顔立ちの造りが甘くて印象が幼い。年の頃は純直とさほど変わらないのではないか。

「おれも祐高卿が犯人《ぼんにん》だなどと信じていないぞ。おれはこのところ近衛府の庭で朝宣卿を殺すべく太刀の技を卿に伝授していたが、闇討ちの技など教えていない！　しかも仕損じて別の者を殺したなど全く愚かな話だ、祐高卿はそんな考えなしではない！」

「は、はあ」

畳を叩いて力説するが……庇ってくれているのだろうか？　どうにも真意が見えない不思議な御仁だ。

「雑色如き下人を殺めたくらいで祐高卿が咎められるいわれはないが、例のてん……社の掃除以来、卿は評判が悪い」

結局〝殿上抜刀〟という出来事はなかったことになったらしかった。

「仮にも検非違使の別当ともあろう者が公卿を殺すたくらみをするなど、自ら別当の職を返上するべきとの気運が高まっている。だが案ずるな。卿に代わって衛門督朝宣卿と純直朝臣とこのおれが犯人を捕らえて疑いを晴らそうではないか！　祐高卿に後ろめたいところなど微塵《みじん》もないと信じている。大船に乗ったつもりで待っていろ！」

——この間、後ろに座った純直は終始無言で祐高の方を見てすらいなかった。心ここにあらず。見た目は小綺麗《こぎれい》に直衣《のうし》を着こなしていたが存在感はなく、残り二人に引きずられて連れてこられ、引きずられて退出した。

一瞬の出来事だった。

「どうしよう忍さま。わたしは昨夜の真相など誰にも知られたくない。忍さまには本当に申しわけなく思っている、愚かなことをした、あなたが償えと言うなら何でもする。それだけでは駄目か、駄目なのか」

三人が去った途端、祐高は几帳の陰に控えていた忍に泣きついてきた。

忍はずっと、祐高の背後の几帳の陰で息を潜めていた。昨夜、這々《ほうほう》の体《てい》で寝殿までは戻ったものの北の対に戻る気力がなくて祐高と寝殿の母屋《もや》にいた。気配を殺して石のように動かないのは京の女の技だ。

「愚かなのはわたしも同じよ、わたしがあばら屋に行きたいなんてたわごとを言わなければ。死んでしまいたいほど後悔しているわ。申しわけない。もうこの話はお互いこれでやめにしましょう。あの三馬鹿……御方々が真相を見抜いてしまうことなどまずありえないとは思うわ……多分……きっと……」

二人、ぎゅっと手を取り合った。

──あんなことをしでかしておいて他人を馬鹿呼ばわりできる立場か。まさかかの三人はわたしたちがこれほどとは思うまい。

一つよかったことがある。帰る道中も帰った後もどんよりとしてずっと喋らず眠らず寝返りばかり打ってまともに衣も着ず黙々と朝粥《あさがゆ》を食って、生ける屍《しかばね》のようだった祐高がちゃんと直衣を着て少し元気になった。

目先に新たな問題が現れて一人で悩んでいる場合でなくなったのだ。あの三人は恩人と言える。祐高には反省してほしいが、思い詰められては忍も困る。

「どうして人死にの話なんか出ているのかしら」

「人を殺したと言われるのは不本意だがあれらは止めたい。追いかけて止めたい」

また、無駄に行動力があり余った顔ぶれだった。三位中将は何だかやたらと理屈をこねていたが「祐高は友人で信頼しているから助けたい」では駄目なのか。「闇討ちの技は教えていない」って。

その中で、やはり気になるのは終始無言だった純直だ。

「純直さまはお元気ではないのね。お顔がやつれているし、いつもなら祐高さまをじっと見て後ろのわたしにも会釈《えしゃく》してくれるのにちっとも目が合わないし全然お話しにもならないで」

「難波から無事に戻ったものの、気が沈んですっかり別人になってしまった。あれ以来あまり喋らなくなって、親とはぐれた仔犬のようだ。よからぬことがあったのは確かだがあちらのお父君から検非違使の沙汰を求められるでもない。深く問いただしていいのかどうか」

「どんな目に遭ったらああなるの……あのかわいい純直さまがおいたわしいことに……」

「並みの遊里も知らんわたしが治安の悪い遊里のことなど想像もつかん」

「遊里って男君が楽しいところじゃないの？　鬱々《うつうつ》とするなんてあるの？　うぶな女の童ならいかがわしいものを見て落ち込むかもしれないけど、純直さまは十七の男君でご結婚もなさってて」

「男が全員助平とは限らないが——純直はわりと助平なので不思議だな……しかし他に変わったことはないし」

「ばれて桜花にとっちめられたとは聞いていないわ。純直さまはお顔もかわいらしいし、身をやつしていても女にいじめられるとか貶《けな》されるとかないでしょうに」

「遊女が無礼だったとして怒りこそすれ気が塞ぐなどありそうもないが——朝宣が何とか世話してやれんのか」

祐高は額を押さえた。頭が痛いのだろうか。

「朝宣に人殺しの取り調べなどできるのか？　社の掃除でも大騒ぎしていたのに？　朝宣

の不得手は中将さまが補うおつもりなのか？　ちゃんと話し合っているのか？　純直が元気でも横に逸《そ》れていく感じしかしないのに純直があのざまで何とかなるものだろうか」

衛門督は武官だと思っていたが、祐高にどれだけ信用されていないのだ、朝宣。

それにしても。

「人殺しって、ゆうべ牛車を覗いてきた使庁の人が人殺しも見かけてそれを祐高さまの仕業だと思い込んでいるのかしら。……使庁の人なのに別当の祐高さまの所行をぺらぺらと誰にでも喋っているの？」

下官は、上官が口止めしたら黙っているものと思っていた。

「忍さまは女だからわからんだろうが、京の官人を黙らせておくのは難しいぞ。皆、お役目を二つ三つ兼ねるのが当たり前で、わたしのことばかり敬ってはいられない」

「そうなの？」

「純直だって検非違使庁と衛門府と近衛府と三つも兼ねていてわたしも朝宣も中将さまも敬わねばならん。下官になるともっとややこしい。下官は自分で家を建てるのが難しいので貴族の邸に住まわせてもらう。その見返りに従者の役や小使いなどして、日々の職の勤め以外にもせねばならんことが山ほどある。わたしの従者たちもよその役所の役人だ」

——兼業上等。裏を返せばつまり、検非違使庁は単独で「お役目のために命を懸けろ」と言えるほどの俸禄《ほうろく》を官人に支払っていないと祐高は言う。

「家が代々衛門府に勤めているから衛門府と使庁の勤めをしているという者が大半で、世のため人のために正義を守ろうと検非違使をやっている者などほぼおらず、わたしの人柄や能力を慕っている者など皆無《かいむ》である。わたしを別当と認めているのは親戚の貴族ばかりで下官には関係のない話。下官は貴族の邸に住まわせてもらっているならその邸の主、母が乳母をやっているならその主を優先する。何か面白い噂話の一つも聞かせろと言い出したらわたしの話をする」

「世知辛《せちがら》いわ……そういえば天文博士は？」

「陰陽寮も陰陽師の能力に見合った俸禄を出していないので全然関係ない蓄財しやすい役所に推薦してそこで儲《もう》けてもらう」

「じゃなくて、昨日の夜のことを全部知っているのでしょう？　どうしているの？」

祐高の表情が暗くなる。

「……あばら屋で待っていたはずだったのにわたしが行けなくてさぞ心配しているだろうな……」

ということで使いの者を送ったが、「お恥ずかしい話ですが年甲斐《としがい》もなく夜更かしをしたら風邪を引いたらしく今朝から嚔《くさめ》が止まりません。うつしてもご迷惑なのでしばらくどなたにもお目通りできません。よしなに」という返事が来た。申しわけない結末だった。

「昨日のあそこは寺の近くだったのか。瑠璃宝寺とは聞かん名だ」

「それは幸せ者の証《あかし》よ。瑠璃宝寺といえば有名な尼寺よ。京の貴女は皆、〝こんな暮らしには耐えられない。髪を切って尼になって瑠璃宝寺に入る〟と夫君を脅しつけるのが定番の文句なの」

京では女は夫が死んだ後に尼になるもので、夫が生きているうちから出家するのは「この人の妻であるのをやめます」という意味で大変みっともないことだった。

「……忍さまがわたしを脅しつけるときには〝歌のことをばらす〟と言うから聞いたことがないだけではないか」

「そろそろ新しいのにする？」

和歌が苦手な祐高が粗忽《そこつ》なことをして二回、同じのを書いて寄越《よこ》してからもう八年だ。

「尼寺とは珍しいな」

「昔、何やらの皇女さまが若くして病を得た夫のために邸に尼を住まわせて御堂《みどう》を建てて、薬師如来《やくしにょらい》を拝んだそうよ。その娘御も胸を病んでご加護におすがりしたら三十年四十年も命を永らえたというありがたいところなのよ、本来は」

忍は頑張って牛車に乗っていたときの記憶を手繰ったが、道やら寺やらはとんと記憶にない。代わりに。

「……そういえばわたし昨日、使庁の人に牛車を覗かれる少し前に足音みたいなものを聞いたわ。下駄《げた》か何かで走って近づいてきたの。あれが人殺しだったのかしら。何だか生臭い匂いもしたし」

「そうか？　わたしにはとんと憶えがないが。下駄？」

それは祐高が牛車の中にばかり夢中で外に興味がなかったからだ――

「ゆうべ同行した者に確かめてみるか。そうだ、使庁の下官に声をかけられて少し揉《も》めていたのを思い出したぞ。こちらの伴は牛飼童とその他に四人だ。車内のわたしたちに見えなかっただけで外の者なら何か見ているかも」

「微行のわりに結構いたのね」

「それはそうだ。牛車は牛だけが動かすものではないぞ――」

祐高は忍の知らない牛車の仕組みを語るが、そんなに従者がいるのに狼藉を――いや言うまい。彼は反省し、後悔し、謝罪し、二人は許し合ったのだから。

「人間、勘違いというものはある。きっと何か不幸な思い違いがあったのだ。何でも悪いように考えてはいけない」

今のところ、祐高は面と向かって人殺しと罵《ののし》られたわけでもないので鷹揚《おうよう》だった。自分で言いわけして回るわけにいかないのでこう考えるしかないのだが。

「大馬鹿者のわたしたちが勝手に追い詰められたのに、人のせいにするのだけは一人前というのもいかがなものか」

「うう、胸が痛い」

「確かに人を殺すほどの悪事はしでかしていないが、こたびのわたしたちがなかなかの痴れ者だったのは否定できん。また兄上に叱られる」

それで彼の表情が沈んだ。人殺しの疑いよりもそちらの方が重大事らしかった。

「……もはやわたしにじかに会ってはくださらないのだろうか、さっきの三人が最後通《つう》蝶《ちょう》だったり。わ、わたしの方から言いわけしにあちらに出向くべきだろうか」

「かえって恥の上塗りになったりしないかしら……そういえば先ほどのお三方の中に義兄上さまが入っていなかったのは意外ね」

「別に意外ではない。兄上は真面目で慎重な方だ。わたしと三つしか違わないのに大将の御位《みくらい》にあって皆に敬われている。忍さまは、あちらの北の方やら我が家の女房たちやらの噂を聞いているからそう思わないだけだ」

「女の評判は悪くても男には受けがいい?」

「そういう言い方は。軽薄と言われがちだが、意図して人当たりよくふるまうとそのように見えるのだ。角を立てず調整役に入る。器量がなければできないことだ。わたしにできないことをなさっているというだけで尊敬に値するだろう」

なぜだかこれで機嫌がよくなってくるのだから、夫はなかなか不思議な生きものだった。かと思えば。

「……やはり兄上がお呼びにならないのは落ち着かないな……こちらから出向かなければならないだろうか……」

また落ち込む。情緒不安定。当たり前だが。

「祐高さまは結構、義兄上さまが怖いのねえ。普段悪口をおっしゃっているからもっと気安いのかと思っていたわ」

「この間叱られたばかりだし、男きょうだいと女きょうだいで違う。忍さまは義姉上さまと殴り合ったりしていないだろう。わたしはこのところ兄上より背が高くなったが、それまでは兄上といえば無体で考えるだけで身がすくんだものだ」

「男きょうだいってそんなに？」

「愛の筈だったのだと信じたいな。父上はわたしを結婚させるのを忘れていたくらいだから、あまりわたしに興味がなくて。母上は京の女君だからたとえ話が多くて何を言っているのかわからないし。家の中でかまってくださったのは兄上ばかりだ」

「義母上《ははうえ》さまのお話、わかりにくいと思ったことないけれど。あなた本当にわたしが結婚相手でよかったわね」

それも元を正せば義兄の持ってきた縁談だった。この夫婦は二人して大将祐長に頭が上がらなかった。

3

「祐高さまが夜歩きなんてふしだらなことをするわけがないじゃないですか！　忍さまというものがありながら！　夜警の者の見間違いに決まっています！」

そもそもはいつも通り、このように少将純直が言い張っていればそれほどの問題ではなかっただろう。何せ夜半のこと。灯りが多少あっても暗いものは暗い。

京の男君の夜歩きなど掃いて捨てるほどあって醜聞《しゅうぶん》の域にすら達していないが、別当祐高卿に限ってはありえない——大体《だいたい》の者は皆、そう思っていたが。

「いかに別当どのが清廉《せいれん》な人柄で信じられていても、端《はな》から間違いと決めつけて調べもしないのはいかがなものか」

とは誰が言ったのだったか。それも純直がはねつけていればそこで終わっていた。

実際はこうなった。

「純直朝臣、卿は腑抜《ふぬ》けているぞ。祐高卿は兄も同然だろうが！　卿が童殿上の頃になってもまだ夜尿《よじと》を垂れていたのを世話してくれたろう、恩返しをしろ！」

荒三位《あらさんみ》が早口でまくし立てても、純直はぼんやりして、

「あ、すいません」

「夜尿なんか垂れてないと言わんか！」

反応がこれしかない。いつもの彼からしたら何も喋っていないのに等しい。

牛車は四人乗れるが、三位中将と朝宣と純直では狭くてたまらない。荒三位の肩幅が広くて一人なのに二人分圧迫しているようだ。

「どうも純直朝臣は魂《たま》が抜けたようで張り合いがない。卿はおれ寄りで元気が取り柄だろうに。なあ朝宣卿」

「あ、ああ。しっかりしろ純直」

「はあ、すいません」

「食あたりか？　妙な女のもとに通っているのだと聞くが、祐高卿の邸に住んでいるのだろう？　変な食事は出るまい。昨日は何を食った？」

「はあ、ええと、鱒《ます》の焼きものと」

「純直、食べたものの話なんかするな！」

衛門督朝宣はこの世で一番、食べものの話が嫌いだった。彼は恋人の家で食事をしない。早めに自邸で夕食を摂《と》ってから恋人の家に行き、早めに帰って自邸で朝食を摂る。それを忘れて湯漬けを出した女のもとには二度と通わなかった。

しかし三位中将は全く彼の美学を理解していなかった。

「朝宣卿は相変わらずだなあ。おれは昨日、雉《きじ》を食ったから今日は力が溢れている！　肉は美味いし力が出る！」

——同じく京に住んでいるはずなのに文化が違う。

「純直朝臣は前に猪肉をくれたな。あれも美味かったし精がついた。ああいうのを食えあいうのを。肉を食らうのは穢らわしいと言うが法師に供養させておけばいいのだ」

「はあ、どうも」

それで純直は最小限の返事しかしない。

よくよく考えて妙な取り合わせだった。別当の不祥事ということで検非違使佐の純直が出てくるのはいい。また、検非違使は左右衛門府の官が兼任するので検非違使の半分は右衛門督朝宣の部下——祐高自身が動けないとき、その役目を朝宣が代行するのにも正当性がある。だが。

「三位中将はなぜここに？」

近衛中将は検非違使に何も関係ない。近衛府は内裏の警護が役目、洛中は管轄外だ。

「お言葉だな。そもそも右近衛大将《うこのえたいしょう》祐長卿が御弟君を案じて純直朝臣に調査を御命じになったが、この通りぼんやりしていて不安だとおれも同行することにした」

「関係ない自分はすっ込……遠慮しようとは思わないのか？」

「思わん。友人として祐高卿を助けなければ」

「大将さまもおれに直接おっしゃればいいのに！」

「そうか？　卿にこの役目は不向きだと思うがな。おれほど人殺しを調べるのに向いた者はいない」

自信過剰なやつだと思っていた。目的地に着くまでは。

向かっていたのは化野の小寺だった——死人の亡骸が運び込まれたところ。

そもそも、朝宣は牛車を降りなかった。

「検非違使はこんなことばっかりなのか⁉」

「それはそうだろう、人死にを扱うのだから」

「他に詳しい者が検《あらた》めているのではないのか⁉」

「おれの方が詳しい。自分の目で見た方が確かだ」

「そんなわけないだろう！」

貴族にあるまじきことに、三位中将は平然と亡骸を見に行く。純直を連れていっても無駄だと朝宣は止めたのだが、三位中将に引きずられていってしまった。

二人が亡骸を見ている間、朝宣はさる寺の僧都に書いてもらった尊勝陀羅尼《そんしょうだらに》を読んで心を落ち着けていた——彼は夜歩きで物の怪に出会うのでこういうものを常備していた。

祐高卿は牛車だったというが牛車は動かすのに人数が必要で夜中には目立つ、止めるのに場所が必要で車宿など借りたらすぐばれる——なら次の選択肢は馬。

だが馬は物の怪に驚いて暴れることがあるので、朝宣は密かに女のところに通うのはもっぱら徒歩《かち》だ。

「夜中に大路で賊に出会って死ぬ者がいるのを知っているか？　事情は知れんが頭をかち割られて身ぐるみを剝がれた、毎日そのような骸が出て使庁で始末しているのだぞ？」

一度、祐高に呆れられたことがある。世間では貴族は牛車か馬を使うもので、大路を歩いたりすべきではないとなっていた。

「小娘みたいなことを、賊が怖くて夜道を歩けるか。夜道で夜警の検非違使以外の者と口を利いてはならんぞ。人を見たら走って逃げるのだ。従者に気を遣うな。主を置いて逃げられんとなったらかえってかわいそうだからな。生きていれば勝手に邸に帰ってくる」

「……それで走って逃げて、都度《つど》このような賊がいたと検非違使に報告しているか？」

「いない。夜道の賊など捕まるものか、無粋なだけだ。それより物の怪が恐ろしい。一度、死んだ母にそっくりな物の怪を見たことがある。似た女なのかと思っていたらみるみる図体が大きくなってその辺の家の屋根を越えた。寒気がしてたまらなかったのでその日は邸に逃げ帰って薬湯を飲んで寝た」

「今、五体満足なところを見るとそれは夜歩きなどやめよと亡き母御が化けて出て諭してくれたのでは？　親心では？」

「いい歳をして母の物の怪が恐ろしいなどと言っていられるか」

「言えばよいではないか。夜歩きをやめればよいではないか」

「この話を信じてくれたのは卿が初めてだな。すれた女はそんな作り話でごまかされるかとかえってつれなくする。祐高卿は乙女より情け深い」

「危ない目に遭ってまで、心配もしてくれない薄情な女とつき合って何になる……？」

なぜだか祐高には呆れられるばかりだったが。


——あんな善良で夜道を歩くのを恐れていた祐高が夜中に牛車で微行していたなど、根も葉もない噂を流すやつがいたものだ。許すまじ。

中将と純直が帰ってきたのは陀羅尼を読むのにも飽きてきた頃だ。

「収穫があったぞ！」

「……おい、誰か塩を持っていないのか。死穢をくっつけて牛車に乗ってくれるな」

念のため塩と生米を撒《ま》いて魔除《まよ》けをして、小寺の僧にも経を誦《ず》してもらった。

「胸をやられていた。正面から短刀で、一突きではなく何度も」

乗り込んでくると三位中将は手刀を振り回して語り出した。狭いのでやめてほしい。

「あれは力が弱くて剣術の心得のない者のやり口だな。急所に当てた、これで仕留めたという自信がないから何度も刺すのだ。さぞ返り血がしぶいただろう」

「なぜわかる」

「なぜって前に――いや、おれはそういうのがわかるのだ！　天賦《てんぷ》の才、天与《てんよ》の才だ！」

三位中将は舌をもつれさせたが、明らかに「前に」と言いかけて止めた。――やはり荒三位の数々の悪い噂は真実なのではないか。下人で自慢の太刀の試し斬りをしたとか、激《げき》昂《こう》して無礼討ちにしたとか、肝試しと称して化野で骸を暴いているとか。彼には剣術の心得があるのだから、命令して下人同士で決闘でもさせたのか。途中で話を止めただけ上等なのかもしれなかった。

「おれは検非違使に向いているのではないか、場慣れしている」

――得意げにしているが〝犯人側〟に慣れているのだろうが。間違ってもお前が検非違使に任命されるものか。

いや。

この粗暴な男の、知恵だけ借りて手柄は自分のもの。真面目なばかりで要領の悪い祐高の窮地を救い、誤解を解いてこれまでの友情を取り戻すのだ。

朝宣はこのところ祐高に嫌われているが、きっとあちらの思い違いだ。朝宣は別に、祐高の令室を永遠に奪って我がものとするつもりではなかった。親友の妻なるものがどんな風か試してみたかっただけで。

それで祐高が拗《す》ねるところも見てみたかったし、夫婦の間に真の愛があれば障害など克服できると信じていた。朝宣は美しい男女愛が好きだ、自分の方を向いていなくても。それで少々悪役になってしまってもまあ、仕方がない。試練があって恋愛は一層輝く。

祐高は期待以上に立派にはねつけたのはいいが怒りすぎだ。あれはきっと許すきっかけがなくて困っている。不器用なやつだ。こちらから手を差し伸べてやらなければ

「何をにやついている。やはり朝宣卿も骸を見たかったか」

「見たくない。使庁に行くぞ」

「うむ、使庁での聞き込みは卿に任せたぞ。」

「……それほどでもない」

「またまた謙遜を。夜の洛中は卿のためにあるようなものだ」

冗談ではない。夜警の検非違使に出会ったら「衛門督朝宣の新しい恋人は何者だ。従者づらでついて行けば自分も酒など飲ませてもらえないか」などと無粋で即物的な考えでつきまとわれる。純粋な恋の妨げになる。わりと必死で逃げ隠れしている。

全然知らない下官だったらどうしよう。左衛門府の尉《じょう》でやたらいかめしくて愛想がなくて仲間にも恐れられる、それは恐ろしい男がいるとか。

夜警の責任者がその尉だったらどうする？　愛想のない年上の下官、共通の話題なし。

……威厳をもって接する、しかないのか？

衛門府の武官は上から順に〝督《カミ》〟〝佐《スケ》〟〝尉《ジョウ》〟〝志《サカン》〟――検非違使の場合は一番上が〝別当《カミ》〟。尉は下級貴族か？　そんなに話しかけるような相手ではない――

「……純直が元気なら丸投げできるのに。洛中の夜警がどうとか督の出番ではない」

「はあ、すいません」

純直はわかっているのかいないのか生返事だ。亡骸を見たら驚いてもう少し感情に起伏が出るかとも思ったのだが。

「純直朝臣の無気力は祐高卿よりよほど大問題ではないか。このところおかしいぞ。何かに取り憑かれているのでは？」

「よくわかりません、すいません」

語彙《ごい》が二つ三つしかない。

朝宣の記憶では純直の初恋は十三のとき、お相手は中宮づきの女房だったはずだが、そのときはもじもじして微笑ましかった。つい先日違う女と結婚したわけだが、朝宣は突然とは思わなかった。予兆があった。

難波の女に当てられてこんなになるだろうか。びくついて話しかけただけで怯えたようになることもあるし、一人で暗い顔をしていることも。叶わぬ恋という風情ではなく何かを恐れているような。新婚で遊里に行ったのが後ろめたい？　そこまで悩むものか？

――そういえば。

天文博士安倍泰躬。純直と一緒に難波に行ったのに向こうはその後、いつも通り仕事をしている。

朝宣のもとには三代目夕凪《ゆうなぎ》御前なる遊女を連れてきた。貴族の間で評判になり始めた踊り子でなかなか美しかったが、そういうことではないと思った。

難波で何があったのか。

十七の純直がうぶなだけで三十半ばの泰躬には大した刺激ではなかった？

純直も裸踊りを見たくらいでこんなにならないと思うのだが。純直は気さくで顔もかわいいので女官たちにからかわれて好かれて、躱《かわ》すのに慣れている。祐高の方がよほど世間知らずだ。女官と難波の遊女で全然違うだろうが女は女だ。

きわどい見世物を見たとして、何日もまともに話せなくなるほど引きずるものか。まさか人を殺して刻んで見せていたわけでもあるまいに。治安が悪いといっても鬼の里ではないのだから。下司男《げすおとこ》が喜ぶものなどたかが知れている。

いや。普段の純直なら「朝宣さま、あの後ひどい目に遭ったんですよ、責任を取ってください」とか言うのでは？　それくらいの信用はあるつもりなのに。なぜ言わない？　三位中将が横にいるから？　それだけか？

呪いにでもかかったのではないか？

「天文博士はどうしている、あいつを問い詰めなければ」

「犯人を占ってもらうのか？　大将さまがお召しになったが今日は風邪を引いて嚔が止まらないとか言って、家から出てこないらしいぞ」

「陰陽師が風邪とかたるんでいる。職務怠慢ではないか」

「押しかけてみるか？」

「――いや、まずは使庁だ」

三位中将と一緒はまずい。また日を改めなければ。

検非違使庁は大内裏の外、左衛門府の中。右衛門府は儀礼やその仕度のときくらいしか全員揃《そろ》わない。右衛門府専属の衛士《えじ》や当番の者以外は皆、左衛門府の検非違使庁にいる。

「右衛門督さま、三位中将さま、右衛門佐さまのおなりだ！　車宿の仕度をしろ！」

先触れが声を上げると直垂《ひたたれ》姿の武官がわきに避け、牛車に向かって膝を折る。男ばかりで牛車の御簾を開けているので武官が列をなして自分たちにひれ伏すのがよく見える。まるきり部外者の三位中将は面白がっているようだ。

「人数が多くないか？　近衛府は普段こんなにいないぞ。他にも用事があるとよそへ行くやつばかりだ」

「別当の進退がかかっているのだから非番の者も出てきているのだろう」

ちょっとでも検非違使庁に関係のある者が主の指示で噂を聞きに来ているのだろう。朝宣だって無関係ならそうする。三位中将はそういう物見高い真似をしないのか――彼は手下など使わずに自分で飛び込むか。

「別当祐高卿はこの他に兵衛府の官も従えて？　ずるいな」

「それは卿にはない人徳で敬われているのだろうよ。手下が多く責任が重い分、仕事もきつい。羨んだら痛い目を見るぞ」

実際この中の何人、川浚いやら神社の掃除やらしているのかと思うと朝宣はぞっとした。それに身許《みもと》不明の骸の始末。男なんか多くても何もいいことがない。

いつもは祐高が座る別当の御座所《おわしどころ》には高麗縁の畳。今日はそこに朝宣が座り、純直も座る位置が決まっているとして――部外者の三位中将はどこに座らせるか、若干迷いがあったらしく横に席がしつらえてあった。

「で、昨夜の夜警の者とは？　祐高卿の牛車を見たという」

幸いというか当然というか。朝宣を案内したのは見知っている右衛門府の尉だ。

「大志《だいさかん》錦部国俊《にしきべのくにとし》ですね。少々お待ちを」

「何だ、あいつか」

ほっとした――左衛門府の伝説の尉とかかわることにならなくて。三位中将が意外そうに首を傾《かし》げる。

「知り合いか？　大志とは、身分の低い者と口を利いているのだな？　やはり夜道で知り合ったのか？」

「まさか。和歌の代作で小遣い稼ぎをしているというからどんなものかと。なかなか綺麗な字を書く。漢詩もやるようなので大学寮に入れるよう便宜《べんぎ》を図っているのだが、夜警なんかさせられていたのか。今知った」

「漢詩なあ。世の中の何の役に立つのだ？」

「卿のような者が世を乱さないためかな！」

――だんだん、荒三位相手に自分を取り繕うのが無理になってきた。字が綺麗な者がまともに出世できるよう取り計らうだけで社会貢献というものだった。

さて、大志錦部国俊は朝宣と同い年の二十四歳。顔つきが穏やかそうなのはいいが、まぶたが腫れぼったくていつでも眠そうに目を細めている。同僚にも「話している最中に寝るなよ」と何度か絡まれていた気の毒な男だ。

「錦部大志、お呼びとうかがい参上しました」

この日、朝宣と荒三位と純直の前に出てきて顔を上げたとき、ほおに縄目のような模様がついていた。どう見ても円座に横になって寝ていた跡だった。

「……夜警というのはやっぱり眠いのか？」

「は？」

朝宣が指摘するまで気づかなかった。気づいても、手でこすった程度で円座の跡は消えなかったのだが。

「お恥ずかしい、ゆうべから家に戻れてなくて。同じ話を何度もさせられて」

「……武辺の者という感じがしないな？」

三位中将は怪訝《けげん》そうだが、武家といっても屈強なのは下人で、自分で鍛えている彼や純直がおかしい。

「祖父の代から衛門府に勤めておりますが、今どき詩歌《しいか》くらいできなければと父に躾《しつ》けられまして。……詩歌だの大学だのにかまけて使庁の勤めをおろそかにするなと夜警を申しつけられたのですが」

「いじめられているのではないか」

「そんな。何ごとも経験です」

話をしていて朝宣の方が危うく思った。

——荒三位は「いじめていい相手」を見つけると活《い》き活《い》きする。

錦部大志のこの文弱ぶり、撫で肩《なでがた》、ものごとを前向きに解釈する善性、全部裏目に出る。殿上人《てんじょうびと》でさえない彼は目をつけられたら殺されるかもしれない。中将は彼の書く繊細な五言絶句《ごごんぜっく》の価値など理解せず、太刀で斬って化野に捨ててしまうかもしれない。

さっきは知り合いでよかったと胸を撫で下ろした朝宣だったが、全然よくなかった。祐高が不利になるような話をする相手なのだから武辺者同士、争うに任せていればよかったのだ。

「……ええと、それで夜警で何を見たと?」

「あ、はい。今月はずっと月が高く昇る頃に警邏《けいら》に出ます。夕暮れから夜半までは別の者たちが出ているので、入れ替わりに。お世話になっている少納言さまの家から家人を連れて四条の大路を西から東へ。普段なら洛外《らくがい》近くまで行って二条辺りまで上がるのですが、山城守さまのお邸の近くで争う声を聞いて。言葉は忘れてしまいましたが男の喚き声でした。それで急いでみると、小路《こうじ》に人が倒れていて、そばに短刀を握った血まみれの男が」

錦部はゆうべから何度もその話を語ったらしく、詰まることもなくすらすらと言った。

「小官も人の刺されるところなど初めて見たのでつい悲鳴を上げてしまって。それで男が小路に逃げ込んだので追いかけましたが、瑠璃宝寺の辺りで見失って。家人たちと手分けして捜していたら、何やら小綺麗な水干の童子がいて道の先を指さし『あの牛車だ』と。そちらを見ると大路を上がったところに点々と血が落ちていて、小さな社の真ん前にいかにも怪しげなみすぼらしい車が一輛《いちりょう》。従者が、ええと四人いたかと。牛飼童を併せて全部で五人です。牛車の後ろの簾《すだれ》がゆらゆらと揺れて。その車に駆け込んだのでしょう。小官が近づくと従者が止めようとしましたが、かまわず車の御簾をめくって松明で中の者を照らして——中にいらっしゃったのは誰あろう別当祐高さまです。白っぽい狩衣をお召しで大層不機嫌そうでいらっしゃいました。小官は謝罪して御簾を戻しました。一瞬のことでよく見ておりませんでしたが、別当さまの後ろに女がいたようです。長い髪が牛車の畳に広がって……」

薄寒そうに錦部は肩を震わせた。

——きっとこれも純直が元気なら「そんなことあるはずがないだろう、痴れ者め！」で終わったのだろう。実際の彼は「ふうん」と気のない相槌《あいづち》を打つばかりだが。

朝宣だって怒鳴りつけたい。——「そんなことあるはずないだろう、もっとましな話をしろ、馬鹿！」

しかし三位中将の前で錦部をこき下ろしたら「いじめていい相手」と確信してしまう。こいつにだって妻子や二つ下の妹がいるのだ。人は試し斬りの巻藁《まきわら》ではない。

「ふん、愚かな話だ」

三位中将は鼻で笑い飛ばした。

「月が昇りきる頃だと。――そんな遅い時間に夜歩きする男がいるはずがない！　会議や宴で遅くなるならともかく。人目を避けるためでも暗くなるのを待つ程度で出かけるだろう――」

「おれならするぞ」

錦部が怯んでいる間に、朝宣の方で一蹴した。あるはずがないとはそんなことではないだろうが。

「〝二つ軒《のき》〟の時間だ」

「何だ、聞かん言葉だ」

「一晩に二つの家の女を訪ねる。日が暮れてすぐの〝一つ軒〟、月が昇って傾ぐまでの〝二つ軒〟」

「……日が暮れて女の家に行って晩飯を食う。泊まって朝まで寝ては駄目なのか？」

三位中将は怪訝そうに聞き返した。京の男とも思えない健やかさだ。まさか昼間走り回って疲れて、夜は一晩中眠りこけているのか。夜が長い秋は何をして過ごす。

「それでは風情がないときがある。妻の家で月が昇るのを待って、管弦して和歌などひねって、それからふと思い立って出かける」

朝宣は夕餉を食べるとか妻をかき口説くとかそういう直截《ちょくせつ》なことは言わない。

「……物足りないときの〝二曲目〟ではなく家を変えて〝二つ軒〟？」

「物足りないとかそういうのとは違う」

「喧嘩をして出ていくというのとも違う？」

「違う」

これは、通人の間では〝三つ軒〟まで可能というのは伏せた方がいいと思った。――三位中将が妻の家で夕餉を食べることに固執しているだけで、自分の邸で食事をしたり友人の家で酒を飲んだりゆったりと過ごして、それから女の家に行けば夜中だ。何も珍しくない。更にそこから気が変わって別の女の家に飛び込む。宵《よい》っ張りの貴族はそんなものだ。

「朝宣卿を女の家の前で待ち伏せて迎え撃つのが無謀なことだけはわかった。そんな時間に寝床を出て〝一つ軒〟の女は文句を言わんのか？」

文句を言われたことなど一度もないが、ここは純情な中将に世間を教えてやった方がいいのか――

「ぐっすり眠っていればそもそも気づかない」

「眠らせるとは酒でも飲ませるのか？　眠り薬？」

「そんな無粋なもの、いらん。満ち足りていればよく眠る」

朝宣が断言すると、三位中将は少しのけぞっておののいた。

「……よく眠るほど満ち足りさせた上でよその女の家へ⁉」

「何か不思議か？」

「それで卿は風情が足りんと？」

「ああ」

「夜半に起こされて〝二つ軒〟の女は文句を言わんのか？」

「たまに、女どころか門番が寝こけて家に入れないこともあるな」

「なぜわざわざ〝二つ軒〟など⁉」

言葉にしなければわからないとはとことん野暮なやつだ。

「まあおれのは気紛《きまぐ》れだが、祐高卿ならば――〝一つ軒〟が北の方で〝二つ軒〟でよそに出てきたところだったかもしれん」

「な、何だと」

「北の方をよく眠らせて夜半、密かに邸を出れば月が昇りきった頃合いになろう。それで夜明け頃に戻れば不貞をしても露見しない。従者や女房は夜歩きを知っているが、そこは口裏を合わせる」

「朝宣卿は祐高卿を庇いに来たのでは？」

「錦部を論破してどうする」

朝宣だってこんなことは言いたくないが、京の男の皆が皆、中将のように日が沈んだら寝て夜明けに起きるなんて健康的な暮らしをしているという話には異論がある。

「大将祐長卿が御弟君は無実であると納得できる話を用意すれば、後は大将さまがご自分で喧伝《けんでん》なさるだろう。ここはおれに任せてあまりつまらん話で混ぜ返すな。引っかかることがあっても流せ」

――おれたちはここに錦部をとっちめに来たのではないぞ、荒三位！　真相を究明しに来たのだ！

少し真面目にやろう。

「――榻《しじ》は？」

「は？」

「踏み台だ。多分、牛車と揃いの細工の」

「ああ。そういえば見当たりませんでしたね」

錦部はぼんやりした答えを返した。

「沓《くつ》は？　下駄でも何でも、履きものは。脱いで上がっただろう」

「あ、ええと。見ていないです」

――なるほど。大体わかった。

「で、祐高卿が怪しいと思いながらその後どうした」

三位中将が尋ねると錦部はうなだれた。

「お邸に戻られるとおっしゃるので、御車を回すのをお手伝いして警護を兼ねてお邸までご一緒しました。あちらは人数が少なくて大変そうだったので」

「人殺しではないかと疑ったのに捕らえもせずに？」

「そんな、別当さまは雲上の御方ですよ。公卿さまです」

「無茶を言うな荒三位。大志は……八位か？　道端で従三位の公卿の別当祐高卿を捕縛などできるわけがないだろうが。これが卿だって〝大変失礼いたしました〟で終りだ」

検非違使庁は六位より上の貴族を捕らえたり取り調べたりできない。よほどの重罪で、政治的事情を検討して結論を出した後でなければ。今、朝宣と三位中将でやっているのは〝政治的事情の検討〟の前段階だ。後段階を大将祐長が担う。

「よく祐高卿の顔を知っていたな」

「あちらはご存知ないかもしれませんが何度かおそばで雑用をおおせつかって」

むしろ錦部がすぐに謝罪していてよかった。相手が誰だかわからず身をやつした風体だけ見て「怪しいやつ、何者だ、名を名乗れ、身の証を立てろ」ととっちめていたら恐ろしいことになっていた——祐高が本当に暗殺もためらわない冷血漢で居直っていたなら「予の顔を知らんだと、わざわざ見ておいて無礼者め」とその場で錦部を斬って捨てることもありえた。

——そう思うと夜警とは恐ろしい任務だ。誰が乗っているかわからないような牛車、普段ならとても誰何《すいか》などできまい。

「童子は？」

「はて、いつの間にやら姿をくらましておりました」

「やり取りを聞いて相手が公卿であると知って、恐ろしくなって逃げたのかもな」

「なぜそんな時間に童子などが」

「三位中将は夜中に恋歌を思いついて従者の子に持たせて走らせたりせんのか？」

「しない」

まあそうなのだろう。

「瑠璃宝寺は？　それらしい者を匿《かくま》ったりしていないのか」

「勿論です、庵主《あんしゅ》に確かめましたがそんな夜半に人が逃げ込んだりしていないと。今のあちらの庵主は五十過ぎの大尼君で結婚生活の悩みはいろいろと聞いているそうで。殺された雑色は山城守さまのもとで夫婦で住み込んで働いておりましたが月の半分を妻と過ごし、もう半分は気紛れにあちこち夜歩きしていたとか。妻が寺の尼に愚痴っていたそうです」

それを聞いて思わず朝宣は舌打ちした。

「月に十五日は一人目の妻の元に通い、残り十五日は妾宅《しょうたく》巡り。――女の好きそうな話だ！　数字でしか誠意がわからぬとは無粋の極み。あの女は自分より何日通いが少なかったとかで喜ぶ下司《げす》女《おんな》ども、つき合っておれん」

「朝宣卿は女が好きなのだと思っていた」

「雅《みやび》を解する女が好きなのだ。数字をこねくり回して自分が他人より愛されているなどとほくそ笑むいじましい女に興味はない。それに乗っかって今月は何日この女に通ったから残りは他の女に、などとたくらむ男はもっと無粋だ。どうしようもない負け犬の女とそれに媚《こ》びを売る負け犬の男だ。どうせ半端なことをして、それこそ女と喧嘩になって夜半に家を出ようとして刺されて死んだのだ、しょうもない。雑色如き小人物が何をしたとかしないとか」

「愛なあ。おれにはよくわからん」

三位中将は興味がなさそうだ。

「今、妻が気鬱《きうつ》で療養のために宇治の別荘に引きこもっていて。気鬱というのはどこが悪いのか詳しく聞いても要領を得ぬ。血虚《けっきょ》？　晩飯を食うのにいちいち宇治に通って朝、京に出てくるのは面倒くさいので近頃は六条《ろくじょう》の受領の邸に通っている。雉もそこで食わせてもらった。飯が美味い。だが鮎《あゆ》や鱒など川魚はやはり宇治だな。新しくて。たまに猟師が兎や鹿を持ってくることもある」

「飯の美味い女の邸に通うなど不純の極みだ！　宇治の鹿を食うな野蛮人！」

「そうか？」

こいつは喜撰《きせん》法師の歌を知らないのか。宇治の別荘など勿体ない。どうして妻が気鬱になったのか薄々理由が知れる。

「だから卿とは仲よくなれん」

「そういえば朝宣卿の好きな食いものを知らん。何が好きだ」

「おれはそんなつまらない話をするために生きているのではない」

「つまらなくはないだろう。祐高卿だって北の方が出す飯が美味いから一途なのでは？　飯が不味《まず》かったらいくら美女でもな。毎日食っていると身の丈が六尺を超える飯、何なのだろうな。鯨とか？　朝宣卿は鯨を食したことがあるか？　おれはあるぞ」

「卿は祐高卿の比翼連理の結婚生活ではなく、六尺の背丈が羨ましいのか⁉」

「羨ましいだろう。総身に知恵が回りかねると指さすやつもいるが負け惜しみだ。おれは素直に憧れるぞ。六尺もあったら何が見えるのかと思うではないか」

「くだらん。背丈でそれほど見るものが変わるか」

見識の狭いやつだ。――世界のありようというのはもっと心一つ、言葉一つで変わるものではないか。

「従者はどうだ。怪しくないか」

と三位中将はまた錦部を指さした。錦部は自信なさげに首を傾げた。

「従者と牛飼童はおかしなことを言うな、知らん、検非違使のくせに別当さまを疑うのかとそればかりでした」

「知らんで通るか。――四人もいたならば前に二人、後ろに二人で後ろのやつが片方、こっそり道中に抜けて人を殺して、何食わぬ顔で戻ってきたというのはどうだ？」

「……小官は全力で犯人を追いかけて走りましたが、従者は誰も息を切らしていませんでしたよ？　牛飼童もです。それに従者は皆、牛のそばに立ち止まっていて誰かいなければお互い気づいたかと」

「残りの三人が仲間を庇って知らぬ存ぜぬを通しているのだ」

「それにしても息が切れていないのは妙です」

「では〝五人目がいた〟というのは」

「は?」

「五人目の従者がこっそり列を抜けて雑色を殺めて——そう。小さな社があるとか言ったな。話の間、そこに隠れていたと言うのは」

「牛車で微行するのに従者を五人連れているわけがないだろう。出任せを言うのも大概《たいがい》にしろ」

聞いていられなくなって朝宣は口を挟んだ。

「四人と言ったら四人に決まっている」

「社への道は別当さまの御車で塞がれていたからこっそり隠れるなど無理です。鳥居が小さくて横からすり抜けられません。それに話が終わった後は小官らもお邸までお伴しましたのでそこにしれっと五人目が混ざってきたなど……ないと……」

錦部も、もう少し自信を持って断言しろ。

「五人目がいなければ犯人が消えてしまうではないか!」

三位中将の大声に錦部は肩をすくめた。

——さてこれはどうしたものか。

4

――再び、三人が別当邸に押しかけてきたのはもう日が暮れる頃だった。

いっそ居直って夕餉を出そうとしたら朝宣に断られた。そういえば彼は他人の家で食事を摂らないのだった。もう一度来るのはわかっていたので市で大きな海老《えび》を買ってこさせて干し鮑《あわび》を戻して待っていたのに。

「始めに聞かせてくれ。祐高卿が夜半に牛車に乗っていたというのはまことか」

「……言えぬ」

祐高が見るからに肩を落として苦々しげにつぶやくと、三位中将はこちら――几帳の方をうかがった。

「祐高卿、北の方の前で言いにくいのなら退出していただいたらどうだ？　男だけで腹を割って話してみるというのは」

「北とわたしは一心同体、北の前でできない話などない！」

「ではもう一度聞く、夜半に牛車に乗っていたのか」

「……言えぬ」

「やはり北の方の前では言えんのではないか」

忍がいない方がまずい。「そんなことはしていない」とはっきり答えない時点で言っているようなものだが。

「そうか、卿の苦しい気持ちはよくわかった」

何か勝手にうなずいて、朝宣は事情を語った――胸を何度も突かれた亡骸、錦部大志が見た騒動、彼が牛車の御簾をめくった経緯、四人の従者と牛飼童――

「というものの錦部の話はおかしい。荒三位の見立てでは亡骸は胸を突かれていて返り血がしぶいている。犯人は血まみれだったろう。地面に返り血が滴《したた》った跡もあった。聞けば祐高卿は白い衣を着ていたと言うではないか」

「加えて、卿は堂々たる偉丈夫。その上背で並みの男の胸を突けば斜め上からになる。胸より首を狙う方が確かであろう。それでも返り血がしぶくのは必至、卿の腕前では避けられん。――その前に身の丈六尺の大男が走って逃げるのを見たら身の丈六尺の大男と言うのではないか？」

三位中将の身振り手振りを交えた語りは頼もしいのか何なのか。朝宣も少し迷惑そうだったが、話を続けた。

「きっと錦部は祐高卿が六尺もあることを知らんだろうな、下官は公卿が高いところに座っている姿しか見ないのだから。返り血を浴びていないのは四人の従者と牛飼童も同じなのでそれらも犯人ではない。では卿と牛車に乗っていた女が怪しい、となるが――牛車の乗り方の作法上、それはありえない。牛車は後ろの簾を開けて後ろから乗って前から降りる。男が先で女は後。後から血まみれの女が乗り込んできたなら、錦部が簾を開けるとその、女が見える。また女が牛車の中で慌てて祐高卿の背後に隠れたとして、血まみれの女が近くで動けば祐高卿の衣にもその血がついてしまう」

物語を優先すると濃い色を着せるべきだったが薄い色の狩衣しか調達できなかったのは僥倖《ぎょうこう》なのか？

「そもそも、後ろに榻がないのに出入りできるはずがない。牛車に乗った者などいない」

牛車の前側は牛を軛《くびき》で轅《ながえ》につないでいるので出入りがしづらい――漢字が物々しいが牛の首にかける木で〝くびき〟、長い柄《え》で〝ながえ〟だ。従者が軛から牛を外して轅を地面に下ろして榻を置き、主人はそれを踏んで降りる。後ろから乗って前から降りるのは絶対だ。

また牛車は床の位置が高い。牛に牽《ひ》かせるのだから牛の背丈と同じくらい、人の胸くらいの高さ――これは邸の床と同じくらいの高さで邸の車宿から乗り込んで、よその貴族の邸に行くなら大騒ぎせずとも乗り降りできる。それ以外の場所でどうこうするのは大変だ。榻を踏み台にしても女や年寄りは段差がつらい。

頑張って乗ったとして履きものはどうする。沓でも下駄でも脱いで従者に持たせる。そうなると榻も置かせた方が早い。――思ったより衛門督朝宣はまともに考えていた。

「多分錦部は、牛車に乗った主人のために榻や沓を持って歩いたことがないので思い至っていない――」

「やっぱり〝五人目〟がいたのだ、〝五人目〟が！」

三位中将が嬉しそうに声を上げる。彼は声が大きすぎて少し耳が痛い。

「……五人目とは？」

「荒三位は従者が五人いて、一人血まみれで社に隠れていたと言うのだ……」

「道祖神《さえのかみ》の社だ！　牛車が前に止まっていたという！」

なぜか朝宣が恥ずかしそうに説明して、肝心の三位中将は威張っていた。

「おれはさっき見てきたぞ！　犯人を捜して、検非違使がまだうようよしていた。大路に血が点々と落ちていて社の前に特に大きな跡があった。小さな社で鳥居をくぐればすぐ本殿だが、人が隠れられんことはない。妻戸にも血がついていて開けようとしたが開かなかったな。建て付けが悪いのか錆びているのか」

——祐高は何と社の前で——いや道祖神ならいいのか？　よくないから天罰が当たってこうなっているのでは？忍はめまいがしたが倒れている場合ではない。

祐高は祐高で戸惑っているようで、訝《いぶか》しげに聞き返した。

「……うちにそんな血まみれの従者はおらぬし誰か行方が知れんという話もないが？　わたしに妙な噂が立っているので普段いない者まで押しかけてくる騒ぎだが」

「祐高卿は言えないのでは？」

「あ、うん、まあ」

こちらもぐだぐだだった。——祐高は〝四人の従者〟と牛飼童に確かめたが皆が皆「検非違使と童子が走ってきていきなり人殺しがどうのと難癖をつけてきた。あいつらの見間違いではないか。勘違いで別当さまを疑うとは身のほど知らずめ」とのこと。「どうもあの童子はどこかで見たことがあるが、思い出せない」と言う者もいたそうだが。

「待て荒三位。錦部は牛車が鳥居を塞いで社には入れなかったと言うぞ」

「そこは隙間を何とか、こう」

三位中将は何を表現しているのか手をくねらせる。祐高はますます戸惑っている。

「いや、おかしくないか？　下官と従者とで意見が食い違っている。皆信じたら犯人が消えてしまうぞ。誰か嘘をついている」

「従者だ！　従者が嘘をついている！」

「そ、そうかな。そんなことをして何になる」

「祐高卿に罪をなすりつけようという肚《はら》だ。公卿は雑色を殺めた程度では笞で打たれたり島流しになったりはしない。御家の力でごまかせると思ったのであろう。これほどの騒ぎになると考えていなかったのだ、浅はかな連中だ」

――理に適《かな》っているのかいないのか。

「使庁の下官の方はどうか。わたしを陥れるにも庇うにも半端だが」

「錦部は祐高卿を陥れたりはしない。下司ながら文学に通じ、和歌と漢詩を愛する美しい心の持ち主だ」

朝宣が美しい心とか言っても全く信用ならないのだが？

「そんなに要領のいいやつでもない。祐高卿を疑っている上達部《かんだちめ》の皆さまがあれの申すことを曲解しているだけだと思う」

「朝宣卿は妙にあやつの肩を持つなあ。美人の姉か妹でもいて、出来ているのか？」

「おれが下官の妹に手を出すように見えるのか！」

――見える。

混沌《こんとん》とした事態に辟易《へきえき》したのか朝宣は物憂げに下の睫毛《まつげ》の方が長い目を伏せ、ため息をついた。

「責められるべきは誰か――おれにはよくわからぬ。〝かきくらす心の闇に〟という気分だ。世間の者が決めればよい」

「心の闇？　人を殺した者の心に闇があると？」

「さてな」

――ん？　今、衛門督朝宣はおかしなことを言った。三位中将は何も気づいていないようだが。

無論、祐高はこういうたとえがわかるたちではない――

忍は男の前で大声で喋るわけにいかない。几帳に隠れたまま、後ろから祐高の直衣の裾の伸びたのを引っ張った。

祐高はそれで気づいて几帳の横まで膝行《いざ》ってきたので、忍は小声で耳打ちした。

「――今！　あの人、〝下官は寝ていたのか起きていたのかも判然とせず信用ならない〟と言ったわ！」

「は？」

祐高は几帳の陰に顔を向けた。目を丸くしている。

「朝宣か？　そんなことを言ったか？　心の闇がどうとか」

「在原業平《ありわらのなりひら》よ。〝かきくらす心の闇に迷いにき夢うつつとは世人《よひと》定めよ〟――〝心が真っ暗に曇って闇の中を迷っているようなので夢かまことかは世間の人が決めよ〟と」

「お、憶えているのか？」

「全部じゃないわよ。女が憶えておくべき業平の歌、上から順に三番目くらい。衛門督としてはこれを知らない女は女に入らないのでは？　伊勢物語と古今和歌集で少し違うことまで知っておけ、と思ってるんじゃないの」

業平に呼びかける伊勢斎宮《いせさいぐう》の歌〝君や来し我や行きけむ思ほえず夢かうつつか寝てか醒めてか〟の方が人気だが朝宣が男なので返歌の方を唱えたものと思う。〝あなたが来たのかわたしが行ったのか夢見心地で現実だったかどうかも定かでない〟――男女なら色気のある話だが。

「犯人の話ではなくて。ここは単純に寝ていたから真相が真っ暗闇でわからないってこと。本当に言いたいのは口に出していない〝夢うつつとは〟――世間が決めろと言うけれどわたしたちで決めろって」

「わかるように言え！」

「それよ。こんな言い方したらあなたにわからない――」

わざわざ祐高にわからない言葉で頭を飛び越えて忍に話しかけた？　祐高が横にいて艶っぽい空気にはならないのに？

「いえ、荒三位殿にわからないように言ったの？　衛門督は本音では下官が嘘をついていると思っている？」

精一杯彼なりに好意的に解釈した結果の「寝ぼけていたのだろう」――？

「推理を投げたわ、あの人！」

「――真剣にわたしは従者を疑いたくないのだが。〝五人目〟などもってのほかである」

祐高は祐高で額に手を当てて悩んでいた。

「牛飼童の雉子丸《きじまる》は我が家の専属で十分に報酬を支払っている。従者たちは、ゆうべはおかしなことをするのだから口の堅い信用できる者を選んだ。――人を殺すようなやつが一人いたというのはわたしに見る目がなかったとして。あるいはわたしの知らぬうちに無頼の輩が従者に紛れ込んでいたというのが中将さまの主張か？　残りの者はそやつのために三人、四人もつるんで口裏を合わせてわたしを謀《たばか》ったと？　そんなわけはない！」

「人殺しがいるより、皆に欺《あざむ》かれている方がお嫌？」

「それはそうだ。従者たちはこの邸に住む者どもだ。大虎《おおとら》に小鷹《こたか》、イナゴ丸、伴男《ともお》、四人とも気のいい連中だ。わたしたちが馬鹿なことをするのに笑いもせずにつき合ってくれて、こんなことになっても励ましてくれた。わたしは心から感謝しているのに。面倒ごとに巻き込んだから今日もこの後、褒美と別に酒をふるまうことになっている。若造の分際で別当になったのだから使庁の下官に敬われずとも致し方ないが、自分の邸に住む者に軽んじられているなど！　中将さまのおっしゃりようは侮辱だ！」

祐高は悔しそうに歯嚙みしたが——そういうものだろうか。忍はその人たちに姿を見られないよう隠れて御簾の中で生きているので侮辱も何も。

「荒三位殿はあなたを庇ってくださっているのよ。——でも、従者たちが前もって策を練ってこうはできないわ。あなたがあそこで牛車を止めたのは気の迷い、痴れ者の行いなのだからそれに合わせて自在に牛車のそばを離れたり戻ったりなんて」

忍からしてみれば当人たちは目の前におらず、話しているのは祐高と荒三位と朝宣だ。誰が信じられて信じられないなどない。

わかるのは理屈だけだ。

「かといって使庁の下官は、話のように血の跡などが残っていることを思うと通りを一本間違えているとか大きな勘違いをしているわけではないわ——誰も嘘をついておらず、全く通りすがりの誰も知らない人殺しが現れたということはないの？　わたし、足音を聞いたわよ、下駄の音。従者は下駄なんか鳴らしていなかったわ」

「従者は皆、浅沓だったが——なぜ従者たちはその者を見ていない？　滴るほど返り血まみれの男、恐ろしいではないか。ゆうべは月明かりもあった」

「あなたあのとき人払いしたじゃないの」

「野犬や賊が牛車に近づいてくるのを防げぬほど離れたら本末転倒ではないか。夜の大路は危険なのだぞ。何のための従者だ。わたしたちは榻がなければ牛車を降りられないのに、呼び戻せないほど遠ざかったのでは何をしているやら――」

――それだ。

延々、几帳の陰でこそこそやっているせいで三位中将が興味津々に見つめてくる。

「何だ、祐高卿。北の方と修羅場か？」

――ある意味では。

「全く、あの錦部とかいうやつもぼんやりして。衛門府の一員なのに詩歌だの大学だのに浮かれて軟弱なのだ！」

彼が突然に檜扇で畳を叩いたのでびっくりした。声が大きいので少し怖い。

「その場に居合わせて人殺しを追いかけていながら取り逃がすとは何だ！　いくら朝宣卿の気に入りでも許しがたい。あんな寝ぼけた男の言うことを真に受けて祐高卿を陥れようとする内裏の連中もだ！」

「滅多なことを言うなよ荒三位。皆さま、祐高卿の素行を心配して苦言を呈してくれているのだ。おれも心を痛めているのだぞ」

殿上抜刀のことを言っているのなら元はといえば朝宣のせいではないか――

「ああいうのを尸位素餐《しいそさん》と言うのだ！　位に甘えた俸禄泥棒、無駄飯食らいだ！」

何でそんな妙に難しい言葉を知っているのだ、三位中将は。

「下官といえど主上から俸禄を賜《たまわ》る臣下の自覚はないのか！　近衛府の官なら弓矢の的に

してやるところだ。衛門府の連中はたるんでいる！　御弟君を陥れる片棒を担いだとして、大将祐長卿にも進言して吊《つる》し上《あ》げるぞ！」

「言いすぎだぞ荒三位。大将さまに進言など。確かに取り逃がしたのは不覚だったがわざとではないし、衛門府のことに近衛府が口を差し挟むのは勘弁してくれ――」

朝宣は庇うが、彼だって寝ぼけていると思っている――弱いところにしわ寄せがいくのは必定だった。

「致し方ないわ、祐高さま」

忍は決意し、低い声でささやいた。祐高が唾を呑む。

「そ、そんなこと。大丈夫か忍さま」

「だってこのままにしておけないわよ。祐高さまは従者を信じている。じゃあ下官の某が嘘つきだということにしておくと荒三位殿、その人を膾に刻んでしまうじゃないの。その人は眠い目をこすって夜警をしていたのに、俸禄泥棒だの無駄飯食らいだの好き放題言われてことと次第によっては近衛大将さまのお怒りまで買うのよ。衛門督を助けてやることになるのは癪《しゃく》だけど」

「それはそうだが――」

「わたしたちが何も言わないせいで正直な人が損をするなんて心が痛まない？　ゆうべはひどい顛末だったけれど楽しいこともあったわ、最初の方とか。ここで下官を見殺しにしたら全部台なし。わたしたちまで気まずくなってしまうかも。愛が曇ってしまうわ。これは試練なのよ。――そうよ、祐高さま、償うために何でもするって言わなかった？」

「い、言ったが……」

悩んだ挙げ句、祐高は死にそうな細い声で几帳の向こうに語り出した。

「え、ええと。わたしは見ていないが、恐らく下官の某は何も見間違えていないし従者も犯人ではない。通りすがりの人殺しが突如、わたしたちの牛車のそばに現れた。聞き違いかとも思ったが、足音をかすかに聞いた」

「何だと」

「わたしはそのとき牛飼童たちに、牛車から牛を放して〝立てる〟よう命じた」

牛車は、降りるときは牛を放して轅を倒し、全体を前に傾ける。屋形ごと斜めになったまま、主人は沓を履いて前から降りる。皇族など貴人の牛車と出会って道を譲るときもこの斜めの姿勢で待つ。

長く止まって外の景色を見るときやそれほど身分の差のない人とすれ違うときは、やはり牛を放すが車が傾かないように軛の下に榻を置いて支える――〝車を立てる〟。

後ろに榻がなかったのは当然だ、前にあったのだから。

「牛車について歩いていた従者四人はこのために牛飼童と一緒に牛のそばで轅を持っていたので、牛車の後ろから近づいてきた血まみれの犯人に気づかなかったのだ。口裏を合わせたのではない」

「だが、犯人はどこに消えて――」

「牛車の下だ」

車の中からも外からも見えない場所はそこだけだ。

何せ床が胸の高さなのだから屈《かが》めば大人でも無理なく潜める。

「座り込むなどしていたのでそこに多く返り血が落ちていた。——無論、松明で照らしでもすればすぐに見つかるが、追っ手は車中のわたしたちにびっくりして畏《かしこ》まってそこを確かめるのを忘れてしまった。下官に声をかけた童子も〝あの牛車の下〟と言おうとして途中で舌を噛んだのだろう。騒ぎになって言い間違いだったで済まなくなり、つい逃げてしまった」

夜警は牛車に誰何《すいか》の声をかける前に下を覗くべしと、大学寮で教えてはどうだろうか。

「だがそれは、犯人はその後はどうする。卿は牛車でこの邸に戻ったのだろう？　従者は牛を放したりつないだりするときは前にいても、動き出せば後ろの方も見張るぞ。帰りは検非違使の連中もお伴にくっついていたとか。下のやつも牛の歩みに合わせて中腰で歩いて今、この邸の車宿にいるのか？」

三位中将は少し楽しそうだった。

「いや、使庁の下官は皆と一緒に牛車を回したと——」

このときは牛を外していたので、来た道を戻るのに何人もの人が轅を持って横に回して、方向を変えた。

牛は前進するには力があるがそんなに取り回しが利くものではない。主人が乗り降りしやすいよう車宿にうまく轅を置くなどは人の力でする。

思いがけず車輪がぬかるみにはまったとき、地面が悪いときに従者たちが牛車を担いで持ち上げることもある。主人を乗せたまま——牛車と言うので牛が動かすように思うが肝心なところは大体、人が動かしている。だから従者が大行列をなすのが本来の使い方。左右、同じ人数で支えなければ釣り合いが取れないので従者は偶数人。微行で人数を抑えるために松明は牛飼童に持ってもらうなら、五人目の従者などいない。

いくら小さな車でも四人ではあまりに少ないので見かねて検非違使も手伝った。善良で親切な下官たちは祐高に含むところなど何もない。ちょっと口が軽かっただけだ。

「皆で轅を持って回したときに犯人は、道祖神の社に飛び込んだのだ。従者は牛車が前進するときは真後ろにいても、回すときには車輪がどう動くかわからぬ。近くにいたのでは危ないから轅を持つか遠く離れるかする。使庁の下官も従者も、そのときだけは牛車の後ろは見えない。車が止まっている間は社への道を塞いでいたが、回転中なら鳥居から入れる。——社の周りは今も検非違使でいっぱいだ。出てこられなくなってまだ中にいるやもしれぬ」

「なるほど！　すぐに人をやって捜させよう！」

三位中将は手を叩いてうなずいて——

「で。〝わたしたち〟と言ったが祐高卿は誰と牛車に乗っていたと？」

——これだ。相好《そうごう》を崩してだらしない。何がそんなに楽しいのだろう。

「おい荒三位、北の方がいらっしゃるのに立ち入ったことを聞くなよ」

という朝宣の声が、いきなり高く嬉しそうになった。——ぶちのめしてやりたい。

祐高は二人とは逆に、よほど自分が捕らえられた犯人のようにうなだれていた。

「こうなったら正直に言う——昨夜、わたしの牛車に乗っていたのは北であった」

「何だと」

「随身も連れずに従者もたった四人で？」

朝宣が眉をひそめ、三位中将は身を乗り出した。彼らの望んでいた答えだったかはわからないが。

「夜中に北の方を牛車で連れ歩いて？　そこらのはした女ならともかく令室、格式ある大納言家の姫君を！」

「恥ずかしい話だが」

祐高はぎゅっと拳を握り、少しやけくそじみて早口になった。

「ゆうべ北は単身、瑠璃宝寺に向かおうと牛車で出奔した。わたしが連れ歩いていたのではなく彼女が一人で車に乗っていたのだ」

——丁度、いいところに尼寺があった。

「わたしは気づいて馬で追いかけて、寺に着く直前に追いついて車を止めさせ、馬から車に乗り移った。それで邸に帰るよう説得するつもりで落ち着いた場所に車を動かして立てているとき、折悪《おりあ》しく見咎《みとが》められてしまったのだ。おかげで北は恥じ入り、頭が冷えて大人しく帰ってくれたが――」

――この理屈だと祐高が乗ってきた馬が牛車の近くに一頭いなければならないが、頑張って走ってついて来た〝彼の従者一人〟が連れ帰ったということにする。牛車の従者四人とは別なので〝五人目〟ではない。

祐高は背が高いから榻なしで後ろから腕の力でよじ登って――

いや、きっと走る馬から牛車に飛び移るような離れ業《わざ》をして、落ち着いた頃の話なのだろう。多分。沓は牛車の中で脱いで前から従者に持たせた。そうなんだから仕方ない。愛の試練だ。

他の誰も嘘つきにせずありのままを語ることもできないなら、祐高は非凡な力で跳躍するくらいしなければ。人を殺して逃げるために牛車に這《は》い上《あ》がることはできなくても、夫婦愛のためならできる。頑張れ。

「このようなこと、夫婦の恥であるから大声で言うべきではないと思っていたのだが牛車の下に人殺しがいたかもしれぬとあっては」

「京で一番の比翼連理と謳《うた》われる北の方が、瑠璃宝寺に？」

「そんな評判になっているから、こそだろう」

俄然《がぜん》、朝宣がわけ知り顔にうなずいた。――お前が錦部を助けるのを諦めて弱音を吐いたのだろうが。

「どんな夫婦の間にも亀裂はあるものだ。わかる、わかるぞ」

「そう、わかって」

忍は几帳からはみ出すところを扇で隠しながら、一所懸命〝普通の女〟の考えそうなことを考えて祐高にささやいていた。

「わたし、今が幸せの絶頂。三人の子を産んで自分が一番綺麗なときで、夫君に愛されて。逆にこれより上はない。後は転がり落ちるだけ。少しずつ年老いて白髪が生えたり皺《しわ》ができたり太ったりして、子らも育つうちにひねくれて道を踏み外して親を泣かせて、それで祐高さまは五年もすればよそに綺麗な女を見つけて浮気を始めて――耐えられない。それにこの間の殿上抜刀、元はといえばわたしのせいだし。わたしが悪いの。この世の悪いことの全てはわたしのせい。絶望。そんな漠然とした不安に溺れて、思い詰めてつい寺に牛車を走らせた。幸せな女って強欲なの、身の上が恵まれていればいるほど満たされない。今このとき、時間を止めて永遠にしたい。尼になって綺麗な思い出だけ残して去りたい。でも本当は祐高さまが追いかけてきてくださってほっとした、胸に取りすがって泣いたりして。これがわたしの望んでいた幸せだった。何て愚かで浅はかだったのか――こういうことを、そこのお二人が納得しそうな風におっしゃって！　期待されてるんだから仕方ないでしょ⁉」

――これでも、みっともない真相よりいくらかましに見えるのだから。

祐高は「長い」とこぼしつつたどたどしく忍の言葉を言い直していた。それを聞いて朝宣の顔色はみるみるよくなっていった――きっと彼は人殺しの話になど最初から興味がなかった。

「何と忍の上につらい話をさせてしまって」

何が「つらい話」だ。気持ち悪い顔で笑うな。

「意を決して話してくれたのだ。大将祐長卿には真実を伝えねばならんかもしれんが、世間に広まらぬよう気をつける。ご案じ召さるな、この衛門督朝宣、天地神明に誓って秘密を守ろう。――夜中にどこで何をしていたかわからん夫のために己が泥をかぶるとは貞女の鑑《かがみ》。いや本当に思い詰めて瑠璃宝寺に向かったとしてもいじらしい。手のかかるところもかわいい妻ではないか。大事にしてやれ、祐高卿」

実に機嫌よさそうに何度もうなずいた。――口実として受け取っただけで半分くらい信じていないのではないか。天地神明だと、どの口で。お前の部下を助けてやったのだから榻はどうしたか沓はどうしたか聞け。

そのとき急に、母屋の中だというのに大きな鳥の鳴くような声がしてびっくりした。三人の一番後ろで、ここまで全然喋らなかった純直が畳に突っ伏して嗚咽《おえつ》している声だった。烏帽子がずれる勢いで、何かの発作かと思った。

「す、祐高さまが忍さまを連れ帰って……よかった……それはよかった……！」

声を詰まらせてまで。そんなに感動されると気が引ける。今考えた出鱈目《でたらめ》だと言いにくい。いや、人助けなのだ。皆のためなのだ、これは。

犯人が捕縛されたのはそれから少し後。

下官たちが鉞《まさかり》で妻戸を破ると、血まみれのまま社の中で膝を抱えていたらしい。妻戸の下に衣の端を挟んで開かなくしていて。小さいとはいえ神聖な社、検非違使たちも命令がなければ壊してまで調べようとはしなかったそうだ。

近くに住む二十くらいの男で、くだんの雑色に妹を弄ばれたとか何とか。一度は逃げたものの行くあてもなく途方に暮れていたと。

皆、夕餉の膳をつつきながら報を待っていた──朴葉《ほおば》で包んで焼いた鱸《すずき》、赤く煮た海老、とっておきの干し鮑の羹、鮎の塩辛、青菜、蕪《かぶら》の漬けもの。食後には炒《い》った松の実。食べ盛りの若い男が三人、急なことで宴のような凝った料理は出せないからこその女主人の腕の見せどころというもの。意外と純直は食欲はあるようで気持ちよく平らげていた。泣いたら腹が減ったのだろうか。

朝宣はそれら全て「気持ちだけで結構」と断って女房の若菜《わかな》が注ぐ酒だけ飲んでいたが、知らせを聞くともっともらしくまとめた。

「やはり元を正せば男と女か。思えば女の情念が渦巻いて祟りやすいから、瑠璃宝寺はあの場所にあるのかもしれんな。陰の気が凝《こご》っているのだ、恐らくは」

——お前が女の情念しか理解できないのだろうが。犯人は男ではないか。公卿さまを接待するために干し鮑を煮たのだから食べろ。

「いやあ、幸せすぎて怖い、女にはそんなこともあるのか。勉強になる」

酒を出したのは「犯人を捕らえられずともこの場は勢いでごまかせないか」と思ってのことだったが、三位中将はまんまと酔っぱらって犯人とか錦部とかどうでもよくなったらしく、顔を赤くして何度もうなずいていた。多分、明日には忘れる。

「考えたこともなかったが、うちの妻もそんな心持ちで宇治に引きこもっているのかな。明日辺り訪ねてやろうか」

——それは絶対違う。

あくがれ出づる我が螢の火

1

「お気遣い大変ありがとうございますが、この通り快癒しましたのでご心配は無用です」

風邪を引いたと言うわりに、天文博士は元気そうだった。

あばら屋で一晩中待たせた挙げ句に約束を違《たが》えて放置することになって、祐高は戦々恐々として詫《わ》びの品など取らせようと呼び出したのに、泰躬は平然としていた。——目が笑っているのが逆に怖くて謝っても許してもらえないのかと思った。

「別当さまこそ折角《せっかく》の夜歩きが台なしになって落ち込んでおられるのではないですか。仕切り直してやり直すご予定は。来月などどうでしょう。梅雨のまっただ中ですから雨漏りのしないところを探さねばなりませんが」

「や、やり直すなどそんな。懲り懲りだ」

「一度や二度の失敗、お気になさらず何度でも挑戦なさいませ。別当さまはお若いのですから。これまで悪い遊びをしなさすぎたのですよ」

……笑っているような顔は穏やかな部類だ。言葉は優しく励ましてくれている。なのに何かが嚙み合わなくてものすごく居心地が悪い。人相が悪いわけではないし笑顔が怖いとか失礼極まりなくてとても言えないが。

「お詫びなどかえって申しわけない。妻が世話になっているのです。何でもわたしにお言いつけください。本日は占いはご入り用ではないですか？」

「い、いや今日はいらない」

「そうですか？」

吹けば飛ぶような風貌《ふうぼう》をしているのだから病弱なのかと思っていたが、病み上がりという気配すらしない。

病み上がりといえば。

「わたしより純直だろう。最近、調子が悪い」

「少将さまはそうですね」

話題を変えると一転、泰躬は暗い顔で目を逸らした。

「あちらはあちらでまじないや薬湯などさしあげておりました。峠は越したのでほどなくして元の明るい少将さまにお戻りになるとは思います」

「……難波で呪いでも受けたのか？　巫女というのはたとえ話で色里の類だったと聞いたが。何があったのだ、一体」

「少将さまがご自分でおっしゃらないのにわたしが差し出口を利くのは。——舟に乗る前に一通りの説明はして誤解は解いたのですが、橋姫どころか虚舟《うつほぶね》に出会ってしまって」

「虚舟？」

聞き慣れない言葉だ。

「一見美女を数多《あまた》乗せた舟ですが、舟そのものが人智《じんち》を超えたあやかしです。わたしも半可通《かつう》でそのようなことがあるとつゆ知らず、自分が魂を取られないようにするだけで精一杯で、少将さまをお助けするまでできず」

「……遊里とはそんなものも出るのか？」

「出ましたね。——難波は人と金が集まり、京の道理が通らないところ。わたしの術は半分《はん》も効きませんでした。侮っておりました」

——たとえ話としても大仰な。何のことだろう。また万葉集か？

しかし純直が言わないことは言えないというのも道理だ。あまりしつこく聞いても迷惑だろう。もっと軽い世間話はないか。

「そういえばこれは興味本位だが、天文博士はうちの女房とつき合っているのか？　誰ぞと噂があるとかないとか」

「まさか」

祐高はふと思い出してそう振って、泰躬も笑って流した。

「こちらは身分も低く、若くもない男。やせているせいで食べものを恵まれるのです。皆さま美女揃いでいらっしゃるから中年をからかって遊んでいるんですよ」

「そうかな、言うほど老けていない。謙遜も過ぎると自虐だぞ。女房とつき合うくらいはいいと思うが」

「別当さまほどでなくてもわたしも今の妻に尽くしたいと思っているので、軽い火遊びという気分にはならないのです。冗談ということにしておいてください」

「そう言われるとぐうの音も出ないな」

側仕えの女房たちは役人の娘で、暮らし向きのために働いている者もいるが出会いを求めて公卿の邸に来ている者も。家にいれば親戚が持ってくる縁談を待つばかりだが、ここは来客が多いので野心ある者は大将祐長や衛門督朝宣など遥《はる》か目上を狙い、控え目な者も少将純直の付き人や天文博士くらいなら手が届くかもと期待している、らしい。

とはいえ他人がとやかく言うことでもないのは確かだ。一番とやかく言われたくないのが祐高なのだから。「主の手がつくのを期待している者」もいたはずだった。

「わたしは忍さま一人でも手に余る。男の器量が足りないのかな」

「全力を注いでなお足りないと思わせるお方さまがいらっしゃるなど羨ましい限りです」

「世辞としても今日のところは素直に受け取っておく。――天文博士は今の妻とどこで知り合った?」

家には反対されているのだからどこかで劇的な出会いをしたはずだった。

「大した話ではありませんよ」

いつもの寂しそうな顔になった。

「陰陽師は見習いの頃に、井戸や床下に入って蠱物《まじもの》を探す仕事をします。それで井戸端の下女と知り合っただけです。――今でこそ一人前に博士を名乗っていますが一昔前は兄がどこそこから怪しい気配がすると言うと、わたしがそこを探していました」

「下人にさせればよさそうなものだが」

「そんなことを言うと、皆これをして一人前になるのにお前だけわがままを言うなと十五も年上の兄に怒鳴られるのです。星を見て占いをするだけの楽な仕事だと思ったら大間違いだ、基本をおろそかにすると将来に響くと、何だかよくわからない説教をされて」

「十五も離れているともう親子だな」

「兄が父のようで本物の父は傀儡人形《くぐつにんぎょう》でしたね。最初の妻は兄の娘でわたしの二つ下でした。――兄に言われるままに烏帽子まで泥だらけになって床下から出てきたら、今の妻が水を汲んで顔を洗わせてくれたのです。優しい女でした」

――いや、いい話だ。誰かが気の利いた歌を詠んだとかいう物語より心を打つ。

「兄なあ。うちの兄は三つ上だが……長幼の序などと唱えて兄は弟を下人のように扱う、どこも同じか」

祐高は深くうなずいた――忍には兄のことを真面目で思慮深いように言ったものの。泰躬の話で思い出した。

鞠《まり》を高く蹴りすぎて木の梢《こずえ》に引っかけて、祐長に登って取れと言われたことがあった。

木登りは不得手で高くて怖くて死にそうだったのに去年そのことを尋ねたら、兄はあっさり憶えていないと言った。三年やそこら早く生まれただけで人間はこんなに非情になれるものかと思った。

「兄上の教えは確かに役立つこともあるが、今思えば半分くらいは兄上が言いたかっただけのような気がする」

「大将祐長さまの御弟君というのは大変そうですね」

「出来がよくて比べられるのと、振り回されるのと半々だ。ということは釣り合いは取れているのかな。人並みに尊敬できて人並みに無体だ」

「なかなか他人には伝えられないものですね、弟の苦労は」

後から思えば祐高はこの男の本性を見誤っていた。

彼は自分で思っているよりずっとお人好《ひとよ》しで、それゆえに見くびられていた。

2

衛門督朝宣主催〝春風を惜しむ会〟は内々の集まりだった。

風雅な名前だが、好事家たちで夕凪御前の謡《うた》いと舞いを鑑賞して酒を飲む――

舞台は朝宣の邸、西の対の釣殿《つりどの》、池の上に張り出した涼しげな一角。

空が赤く染まる頃に始めた。

夕凪御前は池に浮かべた舟から板を渡して釣殿に上った。

二十になるかならないか。烏帽子に白い水干の男装束。後ろで髪を結っているのが少年のようでもある。見慣れた五衣とは違う細身の姿に爽やかな色香が漂う。

日が沈みきるまで何曲か舞わせた。

夕映えの池の水面を背に、舟に乗ったままの楽人たちの鼓《つづみ》と鉦《かね》に合わせて男装束をはためかせて謡い舞う麗人の艶姿——春風が止まるというよりは春風を忘れた。

「これぞ天津少女《あまつおとめ》」

「迦陵頻伽《かりょうびんが》だ」

「〝雲の通ひ路吹きとぢよ〟と言うが凪《な》いでしまって天に戻れんわけだ」

招待した六人はご満悦で酒盃《しゅはい》を捧げたり褒美に扇をとらせたり。夕凪御前が受け取って一人一人に会釈して回ると笑い声を上げた。

特に春日侍従《かすがのじじゅう》という人が着ている直衣《のうし》を脱いで渡して、すべらかな手を握って離さない。夕凪御前が笑いながら困っている様子に気づきもしない。

「おい、長いぞ。そろそろ代われ」

隣にせっつかれてやっと離したが、離したら今度は朝宣ににじり寄ってせっついてきた。まだ十八の若者は額のてっぺんまで赤くなって鼻血を出しそうだった。

「ぜひに我が家で召し抱えたい。朝宣卿、譲ってはもらえないでしょうか！」

「あたら傾城《けいせい》を手放せと？」

「そこを何とか！　朝宣卿には恋人がたくさんいらっしゃるでしょう！　いいじゃないですか一人くらい！　彼女がいなければ我が心が凪いだまま止まってしまいます！」

――かかった。

夕凪御前を賞味して思ったのは「他の男と争ってこその女だ」ということだった。なので人前に出して自慢して羨ましがらせる。

春日侍従は本命ではない。

こうして大騒ぎするやつが一人いると、他の者も後から「譲ってほしい」と言い出すだろう。すぐに飛びつくのはみっともないと我慢しても自分の邸に帰ってからしみじみと「わたしも言ってみればよかっただろうか」などと惑って、手紙を寄越してくる。

真の達人は鮎《あゆ》を釣るのに生きた鮎を囮《おとり》にするのだという。鮎は眷属《けんぞく》を見ると浮き立って自ら針にかかってくる。京の貴族は釣りより鵜飼いを好むが、その話は面白かった。

散会した後の動きが楽しみだ。何人出てくるだろう。この場にいない者も春日侍従の狂乱に釣られて「一目会いたい」と言い出さないだろうか。「自分はともかく春日侍従に悪い」と渋ったら何を差し出してくるだろう。財宝を持ってこいというのではない。心意気が見たい。勿論《もちろん》、春日侍従本人が何かやらかしてもいい。

愉快な座興だったが、招かれざる客が二人。

「脱いで踊るわけではないのだなあ」

形ばかり扇をやって、蛸《たこ》の干物で酒を飲むのに忙しい三位中将。

「ただでさえ迦陵頻伽で衣通姫なのにこの上、衣を脱いだりしたらわたしたちの目が潰れますよ。何ごとも過ぎれば毒です」

やはり色気より食い気で瓜を食んでいる少将純直。

「祐高卿がいないのが寂しい。無実が明らかになったとはいえ昨日の今日では。朝宣卿も薄情だな」

「祐高卿をこんな集まりに呼んで盛り上がると思うか。どうしたって仲間外れになるからむしろあちらがどたばたしている間に済ませてやったのだ」

こたびの〝無理解〟な役どころは卿だ荒三位《あらさんみ》、と朝宣は心の中で毒づいた。――この二人を呼ぶ予定はなかった。粋人を厳選して声をかけたつもりだったのに、ただ飯を食う会とでも思ったのかいつの間にか紛れ込んでいた。

「春日侍従が騒ぐから純直はもの怖じしていないか」

「怖じたりなど。しみじみ感じ入っていたのです、妻にも見せてやりたいなあと……」

「惚気《のろけ》のつもりか知らないが瓜の汁を拭け」

皆がどっと笑い、夕凪御前も口もとを隠して笑んでいる。純直は前のように厭味《いやみ》なく皆に好かれる純直で、興趣《きょうしゅ》の役に立ちそうにないが座は和んだ。

――もしや彼は遊女怖じするようになったのかと思ったが、そうでもなさそうだ。

この間はたまたま体調が悪かっただけで難波で何かあったわけではないのか。

純直が夕凪御前に唐綾の手巾《しゅきん》などとらせていると、弾正尹大納言がほくそ笑んだ。

「男の衣を着た女、こうして見ると誰が男で女かわからんな。少将純直辺りは女でも通るのではないか」

「や、やめてくださいよ」

「〝いとめでたく、女にて見たてまつらまほし〟だ。ちょっと胸もとをくつろげて、夕凪御前と並んでみたらどうだ。姉と妹のようにならんか」

途端、のびのび走り回る仔犬のようだった純直の顔つきが強張った。さらりと冗談で流すかと思いきや黙りこくってしまった。

そのとき、家人がやって来た。

「もし、大将祐長さまの御車がご到着です。車宿にいらっしゃいます」

大将祐長は声をかけたものの用事があるとのことだったので、朝宣は意外に思った。

純直が裏返った声を上げた。短かったが皆、びくっとして純直を見る。

彼は急に立ち上がって勢い余って懸盤《かけばん》をひっくり返した。残っていた羹《あつもの》が直衣や袴を濡らした。

「し、し、失礼、帰ります！　気分が悪い！　ので！」

彼らしくもなくたどたどしく舌を噛んだ。

家人が拭おうと懐紙を引っ張り出して近づいたが、純直はかまわずに袴から汁を滴らせてもつれるような足取りで釣殿を出ていった。

「何だ、あいつ」

三位中将は首を傾げた。急すぎて引き留める間もなかった。

「弾正尹さまが変な絡み方をするから怒ったのか？　女だったらどんなに綺麗か、とか」

三位中将に自分のせいにされて、弾正尹大納言は怯んだ。

「わ、わたしは褒めたつもりで。女のような美男は女にもてる」

「そうかなあ、おれは女のようだと言われて喜びはしないが」

「見目が綺麗で悪いことはないだろう。最近、白粉が濃いから色気づいているのかと」

「それにしても遊女と姉妹はない」

弾正尹大納言と三位中将が話していると、別の者も口を挟む。

「純直もどうか、怒るにしても気の利いた歌でやり込めるとかあるだろう。喚いたり、子供っぽいのを通り越して山猿だ。あんな帰り方は朝宣卿や夕凪御前にも無礼であろうが」

「怒ったようでもなかったぞ。本当に体調が悪かったのでは」

皆、いいの悪いの言っているが朝宣は大将祐長を迎える仕度をしなければ。饗応《きょうおう》役として優先すべき順位はそちらだ。祐長を座らせる席を作って純直の汚した後を片づけるよう家人に差配して、自ら祐長を車宿まで迎えにも行った。

車宿では、祐長が暢気に牛車を降りてくるところだった。藤色の直衣で洒落込んで咲き乱れた山吹の枝なんか持って、やる気満々だ。

「いやあ。北が今日は顔を出せとうるさいから挨拶だけして、すぐこちらに来るつもりだったのに遅くなってしまった。飯は食ってきたから酒だけでいいぞ。ここまでで何か愉快なことはあったか？」

　この御仁は皆が揃っていると出てこずにはおれないたちだ。下人の集まりにすら顔を出すとも。目立ちたがりでもある。用事とか大嘘でわざと遅れてきたのではないか。

「純直が急に機嫌を悪くして帰って、妙な雰囲気だからここは卿が流れを変えてくれ」

「純直が？　ふうん。入れ違いだな」

　祐長はにやりと笑って山吹の枝を掲げた。藤色に黄金の花で目がちかちかする。

「任せろ。〝花を求めて水を渡り、春風を追っていたらここにたどり着いた〟とぶってやろうと思っていた、上手く返せ」

「純直が吹かせた嵐の名残だな、それは」

　宴席を盛り上げるには丁度いい人材だ。狙いすぎのきらいはあるが。

　渡殿を歩いていると祐長が鼻を鳴らした。

「何だか干物の匂いがする。塩辛？」

「そうか？」

「いかんな朝宣、飯を食わないふりをするなら下人にも徹底させないと」

　面白そうに言われて、朝宣は大いに機嫌を害した――蛸なんか誰が出したのか。人を集めて宴を開くのに酒食でもてなさないわけにいかないが、他に何かなかったのか。

　と同時に別の疑問が湧いた。

――純直は、帰るなら牛車のはずだがなぜ車宿で出会わなかったのだろう。

純直を追いかけて引き留めるにしてもこちらだと思ったのだが。

車宿では牛車の仕度はおろか、純直が連れてきた伴の者を呼び集めてすらいなかった。まさか従者を置き去りに一人で走って帰ったわけもあるまい、京の貴族でそんなことができるのはこの衛門督朝宣だけだ。

東の対の裏手に灯りが点いていたのが洩れていた。この辺は宴席から遠いので灯りが点いているのはそこだけだ。立ち寄って家人に妻戸を叩かせた。

「おい。殿さまが御用だぞ」

「殿さまですって」

すぐに妻戸が開いた。朝宣の鼻にも干物だか何だかの生臭い匂いが届いた。

家人の持つ紙燭《しそく》の灯りに照らし出されたのは、髪が真っ白な媼《おうな》だった。五十なのか六十なのか、この邸にこんな年寄りがいたのか。少し怯んだ。

「まあ、本当に殿さまだ。いかがしました、こんな見苦しいところに」

媼が笑った。のだと思う。

「少将純直朝臣を見かけなかったか」

「はて。何であたしら如きがそんな高貴の若さまをお見かけしましょう」

「いや――知らんならいい。邪魔したな」

それ以上思いつかなかったのですぐに妻戸を閉めさせた。

東の対の裏手は下男下女ばかりが寝起きする廊《ろう》だった。朝宣の邸だが入ったことのない場所だ。主人の妻女の世話は女房がするが、その女房の世話をする者もいる。更にその世話をする者と、少しずつ身分が下がって雑仕女《ぞうしめ》や端者《はしたもの》になると何が何やら。

朝宣は大将祐長のそばに戻り、また二人で西の対を目指して歩き出すが。

――純直が姿を消した。

一体なぜ？　思い詰めたことでもあったのか？

「この枝は派手すぎたかな。道中、目に入ったので手折ってきたのだが」

悩ましいのに、大将祐長が声をかけてきて気が散る。――自分はこういうのに向いていない。宴に集中するか。

「そうだな。夕凪御前の舞いをご覧に入れたいところだが、こんな見事な花が出てきたら皆こちらに気を取られるか」

七重八重に咲いた山吹は一枝だけでも一晩中、歌をひねれる題材だった。

「朝宣の持ちものにいくら想いを寄せても無駄だといじけたやつが、遊女に背を向けて山吹の歌ばかり詠むかもしれんなあ。興が削がれる」

「一旦従者に預けて、舞いが終わってから出したらどうだ」

「ふむ、そうしよう。本来なら蓬萊《ほうらい》の玉の枝をとらせるべきだが今はこれが精一杯、と」

「金銀よりも手ずから折った花の方が風雅であろうよ。春日侍従が歯噛みするだろうな。一番に釣れたのがあれで、もう大きいのを貢いでしまった。新品の直衣だ」

「若いなあ」

「祐長卿が二番手で名乗り出るのは惨い。引っかき回すだけでどうせ本気にならんのに」

「わからんではないか。朝宣ご自慢の美女、わたしだって正気ではおれん。恋い焦がれて病んでしまうかもな。人のものを一口かじって返す度胸などないから」

祐長は不敵に笑むが――

朝宣には空言《そらごと》に聞こえた。厭味だけは一人前だがこのかわいげのない男が女如きで正気を失うなどあるものか。

呼ばないと拗ねるから声をかけただけで、朝宣は祐長を粋人には数えていなかった。妻や恋人など通う女の数は多いが、その中に羨むような恋など一つもない。

興が削がれるだと。宴など滅茶苦茶にしてしまえばいいではないか。

弟の仇を討つために、中途な時間に立派な花で目立ちに来たのだろう。詩歌も準備して衣の色も花に合わせて。来る途中に偶然生えていたとか白々しい。

主催者の都合など無視してぶちかませばいい。今更、手加減か。

朝宣としては春日侍従を釣れた時点で目的は果たしている。いじけた男が山吹の歌を詠み始めたとしても、そいつが後で一転、夕凪御前に恋文を贈ってくるということもある。

それはそれで味わいがある。勝負は宴の後だ。

花一枝で衛門督朝宣の見いだした美女が霞むとは、見くびられたものだ。

――宴を台なしにしたら他の客人の不興を買う。夕凪御前の謡い舞うのをもっと見たかったのに祐長卿のせいで、と文句を言われるのを恐れているのか、臆病者め――

いや待て、さっきの会話。

あれは「祐長は雅やかに復讐するつもりだったが、朝宣が花は舞いの後にしてくれと懇願したから、他の皆や夕凪御前のために思いとどまった」ということになるのか？

舌打ちしそうになって堪えた。

宴の後、自分がいかに寛容な風流人か声高に吹聴するつもりか、政治屋め。

言葉尻をとらえて話を誇張して自分に都合よくすり替える。そういう手管なのだ。

朝宣がひれ伏して頼み込んだ、まで話を盛るのか。どうあれ結果として祐長は引き下がったのだから、朝宣が何を言いわけしても「心の狭いやつ」になる。

朝宣は雅男《みやびお》ばかりの恋愛遊戯の入り口としてこの宴席を設けたのに、祐長のつまらない政治の小道具にされてしまう。

別当祐高は二度も太刀を抜いて愛も怒りも隠さなかった。朝宣は心打たれて身を引くことにしたのに。祐長の卑劣なやり口は弟の名に泥を塗るも同じだ。

京で最も無粋な男。わかってやっているのだからたちが悪い。

適当に相槌を打ったがはらわたが煮えくりかえるようだった。

――その後、西の対の釣殿ではもう辺りが暗いので、舟の上や池のほとりに篝火をいくつか灯して。

打ち合わせ通り、舞いの褒美として祐長から夕凪御前に花と歌とを賜ると。

「わたしは夕凪御前の姉妹になれるなら男を捨てます！」

ただでも直衣を脱いでいる春日侍従が嫉妬で錯乱し、烏帽子を取って髻《もとどり》を放つと言うのを皆で止めることになった。早々に正気を手放して羨ましくさえあった。

散会の後には朝宣の望む通りの狂乱が巻き起こり、京の色男どもはこぞって遊女一人にのぼせ上がった。

その晩、少将純直に何があったか、衛門督朝宣が知るのは少し後のことだった。

3

忍は何だか北の対に帰りづらいとかぐずぐず言って三日ほど寝殿に泊まっていたが、いつまでも住んでいるわけにいかないと桔梗にせっつかれて渋々帰っていった。

彼女が去った後、祐高は反省して写経などしていた。一人で己を省みる時間が必要だった。流石に道端はなかった。どうかしていた。

だがあまり間を置いても忍を心配させてしまう。二日後、日常を取り戻すべく北の対に赴《おもむ》いた。

久しぶりに子らと夕餉の膳を囲んだが――

「変わったものを食べさせるな、今日は」

煮物の皿にゆで卵の薄切りが並んでいた。卵は滋養があるが、鳥の雛《ひな》になるものを食べるのは残酷だと避ける人もいる。嫌いではないが黄身がもそもそしてのどに詰まる。湯漬けに合わない。

「これ好き！　もっと食べたい！」

六歳の太郎《たろう》は喜んでたくさん塩をつけてぺろっと食べていた。

「お父さまのは駄目よ。お母さまのを食べなさい。子供のくせに変なものが好きねえ」

と忍は自分の皿を太郎に譲っていたが、そんなに食べたら鼻血を出さないか。

主菜は真っ黒い細長いのを一寸ほどにぶつ切りにしたもの。骨があるので魚なのだろう。まさか蛇ではあるまい。

「何だこれは？」

「うなぎです！」

勢いよく答えたのははす向かいで膳をつついていた四歳の姫だった。

「桶で泳いでいました、真っ黒でうねうねぬるぬるして気持ち悪うございました！」

「昨日から台盤所にいたのを、姫はずっと見ていたんですって」

「気持ち悪いのになぜ見るのだ……」

太郎も姫もかわいいが、子供の考えることはよくわからない。と言うものの自分も幼い頃は一日中、河原の石を選《よ》って綺麗なのを探していたので親から見ればこんなものだったろうか。

「脂が強いから蒸しものにしたのだけれど」

確かに並みの魚より脂ぎっていて二、三口で胸がいっぱいになった。小皿の醬《ひしお》をつけていたらあっという間に小皿が脂まみれになった。

「太郎、気に入ったならお父さまのを――」

「駄目、祐高さまは全部お召しになって」

ゆで卵も腹に溜《た》まるのに。


食後は太郎を膝に乗せて、近頃の武勇伝など聞いていた。

「それでね、四匹もとんぼを捕ったのに一晩で全部死んで土になりました！」

太郎はけたけた笑っているが祐高は笑うところなどあったかと思う。忍に似ておぞましい話が好きなのだろうか。人でないだけましなので、せいぜい笑うふりをする。

「蜻蛉《とんぼ》はすぐ死んで腐ってしまうなあ。虫けらとはいえあまり惨いことをするなよ」

「姫は二匹捕らえました」

「姫も蜻蛉を捕っていたのか？　女の子なのに？」

「捕れますよ、こう、とんぼの顔の前でくるくる指を回して」

姫が人さし指を立てて回した。仕草はかわいらしいが、虫めづる姫君というのはいかがなものか。

「忍さまに教わったのか？　あまりいい趣味では――忍さま？」

妻に呼びかけたが、忍の畳には誰も座っていなかった。女房が代わりに答えた。

「お方さまは御帳台にいらっしゃいます。太郎さま、姫さまもお休みなさいませ」

「えー、まだ眠くない」

子らは口を尖《とが》らせたが、もう暗い。灯台の油だってただではないのだ。

「暗いのに長く起きていると目が悪くなる。子は寝ている間に背が伸びるのだ、長く眠るとたくさん背が伸びるぞ」

「お父さまみたいに？」

「姫は背が伸びなくてもいいです」——

「女は寝ている間に肌が綺麗になる。美人になって次の帝のお妃《きさき》になってお父さまに楽をさせてくれ」

「お父さまの都合じゃないの」

姫は四歳にして反骨精神に溢れていた。乳母に抱えられて寝床に連れていかれたが、不服そうな顔をしていた。

これで静かになったが、手酌で酒を飲んでもつまらない。並みの男なら女房を相手に物語でもして、朝宣ならこの時間から外を出歩くのだろうか。祐高はどちらもしないので自分もさっさと寝ることにした。

しかし忍はやけに早く一人で寝てしまって、具合でも悪いのだろうか。夕餉はそこそこ食べていたと思うが——

はたと思い当たった。

……卵と鰻《うなぎ》？

この取り合わせは。

四人目に挑戦せよと？

この間、おかしな場所でおかしな気分になったから、きちんと手順を踏んでほしいと？

「子をもうけるのは夫婦の義務」で済んでいた頃は楽だった。

祐高も忍も親族への孝養として子孫繁栄に務めるのは人として当然だった。かの藤原《ふじわらの》道長《みちなが》公が五男なのに位人臣《くらいじんしん》を極めたのは本人が敏腕なのもあるがそもそものきっかけは流行り病なので、傍系といえども家門を広げるのをおろそかにしてはならない。

——義務がなくなって色恋だけが残ると転げ回るほど照れくさい。何で道端でそんな勢いになったのか思い出せない。それこそ物の怪に憑かれていたのだろうか。

忍の御帳台を振り返る——薄い帳《とばり》を下ろした寝台は威圧感を放って見えた。

御帳台もだが、壁際に並んだ几帳。

自分の局《つぼね》を持っていない女房は部屋の隅に几帳を立ててその陰に寝具を敷いて寝ている。忍が急に用を思いついたらその辺の女房を起こして言いつける。

実のところ忍とのやり取りは、このような〝その辺の女房〟に筒抜けだ。夫婦の時間だからと言ってわざわざ追い払ったりしない。

——普段は何とも思っていないのだがなぜか今日に限って几帳の並んでいるのが恥ずかしい。「そう、殿さまは女に興味などないという顔をしているが四人目を……」とささやかれたりするのだろうか。三人作っている時点で今更だが、意識すると息を吸って吐くのさえ何となくぎこちなくなった。歩くのにどっちの足を前に出すかもためらう。

新婚の頃の不手際まで思い出して暴れたくなってきた。

今日は無理だ。女に恥をかかせることになるのかもしれないが、今日は無理。

祐高はじりじりと御帳台に近づいて、わざと咳払《せきばら》いした。

「し、忍さま──その。この間は申しわけなかった。わたしはどうかしていたのだ、反省している」

殊更《ことさら》かしこまってみせた。

「しかしこう、ええと、改めて考えると、いつやや子を授かるかはわたしたちで決めていいわけではないのでは。四人目を作って忍さまの身体に障《さわ》りないか、薬師《くすし》と産婆と相談しよう。もっと女の血の道に詳しいその筋の専門家を探して。そうだ。帯解寺《おびとけでら》に参詣しよう。一度ちゃんと行かなければならないと思っていた。やや子を授かるのは人智を超えた天のはからいであるから。何なら陰陽師によき日取りを占ってもらって──」

馬鹿なことを言うな、天文博士にこんなことを相談するくらいなら憤死する──言いながら自分で自分に腹が立ったが──

涼やかな笑い声がした。

「駄目、わたし耐えられない。帯解寺って」

忍の声だ。──が、御帳台の中ではない。後ろから聞こえる。物の怪に化かされているようだ。

振り返ると、几帳の陰から当の忍が顔を覗かせたところだった。口もとを袖で隠しているが声は隠せない。

「皆、どうやって我慢しているの。どうして祐高さまって。あなた本当に天文博士にそんなこと相談するつもりなの？　やめた方がいいわよ」

「……なぜそんなところに？」

では御帳台は空なのか？

「よく喋る男だねえ。公卿さまってのは歌だの何だの口ずさみながら入ってくるんじゃないのかい」

御帳台からも声がした。

帳から顔を出した女も忍のように見えた。

天文博士が書いた符に息を吹きかけると忍が二人、三人に——そんな馬鹿なことを考えた。いやいや。千切《ちぎ》ってくっつけたら増えるなんて虫けらやなめくじでもそんな風にできていない。

白骨を継いで不思議な香を焚いてまじないをしたら生きた人間が作れる、と言っていたのは純直だったたか？

いや。几帳から出てきた忍が横に並んでみると、御帳台から出てきた方は少しやつれてあごが尖っている。髪が短く腰辺りまでしかないのに髢《かもじ》——付け毛を結わえて長くみせている。薄暗いから似て見えるだけでそんなでもないのかもしれない。

「わたしが貴船《きぶね》の神に願って得た、あなたを愛するための分身よ。螢火《ほたるび》と言うの」

几帳から出てきた方の忍が得意げに語った。こちらが本物の忍だろう。してやったりと喜色満面で。

御帳台の方は笑顔どころではなく目を細めて疑うようにもう片方と祐高を見比べている。探るようでもある。本物の忍はしない顔だ。あまりこの邸に慣れていない。

――そんなことがあってたまるか。親戚の娘で雰囲気の似ているのを連れてきたとかだろう。

仮に神の奇跡だったらどうだと言うのだ。

驚きから醒めると、だんだん腹が立ってきた。――人に胸焼けするほど卵と鰻を食べさせておいて?

「……わたしがこの女を忍さまと思って共寝するのを聞いているつもりだったのか？」

「適当なところでよその部屋に行こうと思っていたわ」

「より悪い！」

忍がしれっと言い放ったのが決め手だった。

分身でも親戚でも、よく似た女を夫にあてがって代わりに夫婦を演じさせようと？

それが妻の考えることとか。

祐高は御帳台を蹴倒してやりたいほど憤って頭に血が上っているのに、忍ときたらつまらなそうに息をつく。

「やっぱり祐高さまは怒るのね」

「怒るのに決まっている！」

「でもこの娘が四人目を産んでくれたらわたしは産で死ななくて済むのよ。喜んでくれないの？」

忍は螢火なる女の腰を叩いた。

そう言われると祐高は言葉に詰まる。自分だって忍を命の危険に晒《さら》したいわけではない、日々真剣に悩んでいるが――

似た女が見つかった、これでよかったというのはあまりに――

これ以上話していると殴ってしまいそうだった。

「――今日は寝殿で休む」

顔を背けてそう言い放った。

「やっぱりあなた、すねてしまうのね」

「わたしが悪いと言うのか！」

「じゃあわたしが悪いの？　わがままなの？」

「騙《だま》し討ちだ、卑怯だ！　夫を罠《わな》にかけようとした！　人の心がない！」

「あなたにはあるって言いたいの」

「ああ、いつもあなたに傷つけられて泣いている。貴船の神に願わなくともあなたは元々鬼女だ！」

怒鳴って、どすどす足音を立てて渡殿《わたどの》に向かった。

――嫌な女だ、賢《さか》しらで傲慢でこの世で一番自分が正しいと思っている！

今のままが幸せなのにどうして台なしにしようとする。

＊＊＊

祐高が足音を立てたので、几帳の後ろの女房たちが皆、起き出して怖々そちらを見ていた。螢火も自分が叱られたように肩をすくめていた。

「……いいのかい、殿さま、お怒りだよ」

「いいのよ。すぐにすねて引きこもるの、子供っぽいんだから」

馬鹿馬鹿しくなって、忍は螢火の肩に手をかけて御帳台の方に押しやった。

「今日はあなたがここに寝る約束だったんだからここに寝なさい」

「落ち着かないよ、ここ」

「じゃあわたしと一緒に寝る？　せめてあなただけでもわたしを愛して」

螢火を抱きかかえて入れれば雰囲気が出るのだが非力な女の身が疎ましい。二人で寝具に入ると乳母と寝ていた頃のようだ。

乳母や姉妹と違って螢火の髪は少しかさついて海の匂いがする。

「〝わたしは何でも許される身なので〟って美女を攫ってきてかき抱いて寝るのって楽しそう。何であの人、やらないのかしら？　きっと臆病なの。女が怖いのよ。世間で言うほどいいものではないわよ、比翼連理」

「変な人だよ、殿さまもあんたも」

「騙し討ちですって。わたし、結婚するまでやや子の作り方を知らなかったわ。乳母が〝聟君にお任せしなさい、多少痛くても死なないので逃げたり喚いたりみっともないことはしないように〟って。騙し討ちってあいうの！　真面目そうに見えたのに！　こんな目に遭うなら清い身のまま尼になればよかった！　あの人のせいでわたしは和泉式部《いずみしきぶ》になるところで！　和泉式部だって大路ではなかったわ！」

「やっぱりお姫さまだねえ」

「わたしのこと好きになってきた？」

「微妙。お殿さまの気が知れない」

こんなに一途な良妻賢母は他にいないだろうに。

「これで二度、しくじったねえ」

寝入る前に螢火がつぶやいた。

4

忍が寝殿から北の対に帰ったのは二日前。

自分の邸でも、女主人は建物の間を行き来するには几帳を立てて男の家人に姿を見られないようにする。寝殿と北の対や東の対は結構離れている。いちいち女房が渡殿に行列を作り、女主人のために几帳を持つ。

だがそのとき、寝殿に集まった女房たちは少しざわめいていた。

「……忍さまはお留守にしておられたのですか？」

寺参りに行くのに方違えをしていたがいざ出立の際に不意の穢れに遭い——道端で黒い猫が死んでいたとか——中止になって帰ってきた、というのが筋書きだった。

「もしかして北の対ではわたしというものがありながら夜歩きして女を盗んできた祐高さまは一体どうしてしまわれたのか、という話になってたりする？」

「そんなことはありませんが……な、何と説明すればいいのか」

若菜という若い女房が大いに戸惑っていたが、要領を得ない。とにかく忍は北の対に戻ってみた——

すると北の対の母屋に、既に〝忍の上〟がいるというのに出くわした。

そちらは、馬寮の某の家に出かけた途端すぐに戻ってきたと。牛車に鳥の糞《ふん》が落ちてきたとか何とか言って。

体調が悪いと御帳台に籠もっていたので誰もよく見ていなかったが、忍と並ぶと偽物の方がやせていて白粉を塗っても生え際の肌の色が黒いのが見えた。だが目鼻の造作は姉より似ていて血筋を感じた。

「お前たち、これはどういうこと⁉　このような偽物を主と仰いでいたの⁉」

当の忍よりも桔梗がそれはかんかんで。

桔梗はそう大柄ではないが女にしては目つきが鋭い。公卿の姫君を育てた乳母としての矜持《きょうじ》は人一倍。

祐高も忍もあまり家人を叱りつける方ではないので、代わりに彼女が目尻を吊《つ》り上《あ》げて声を荒らげて怒る——たまには忍の見ていないところで女房や女の童《めわらわ》を裁縫用の竹の尺でぶったりしているとか。女房の気の緩みは女主人の面目にかかわると、このところ一層厳しいらしい。

偽物当人はもとより女房たちも一斉に縮み上がった。その方が忍には気の毒だった。普段から桔梗が怒って忍が取りなす段取りになっているのもあって——女房がぶたれて泣いていたら忍が声をかけて打ち身の薬を塗ってやり、「桔梗はひどい、やりすぎだ」と言ってやるのだ。

いつもはその場限りなのだが、この日に限って本気で庇うつもりになってしまった。顔の似ている螢火に親近感を抱いたのだろうか。

「き、桔梗、これはわたしのお願いした遠縁の娘で。趣向なのよ、趣向」

「そんな遠縁の娘はいらっしゃいません！」

「あら、わからないわよ。うちのお父さまだって京の男なんだからご落胤《らくいん》の一人や二人」

「忍さまは難産で、お方さまは何ヵ月も北山《きたやま》で祈禱《きとう》を受けて大殿さまもそれにつきっきりでいらしたんです！　それは今の殿さまほどではないですが一昔前は京で一番の比翼連理といえばあなたさまの御父上さまでした！」

……忍が助け船を出して忍が怒られた。何が何だか。

「あの、こちらは新参女房の螢火の君と言って。あまりに忍さまに似ているので手違いがあったのです」

葛城が言いわけしても桔梗の怒りは収まらない。

「手違いで済みますか！　大納言家の姫君で公卿のご令室であられる忍さまを、顔が似ているくらいで！」

「桔梗……わたしもややこしいことをして悪かったのだから……本当、もう二度と御簾から出たいなんて言わないから勘弁してあげてよ……」

後ろ暗いところのある忍は怒る気になれなかった。前にも、御簾の奥深くによく似た身代わりを置いて外に出たことがある。しょっちゅう奇妙なことをしているのに女房たちを責め立てる気には、とても。

かかなくていい恥をかいて錦部のために嘘八百を語る羽目になり、今日は新参女房のために桔梗の逆鱗《げきりん》に触れる。駆け落ちごっこのせいで災厄続きだ。身から出た錆《さび》とはいえ。

「何か取られたわけでなし、そう怒っては身体に悪いわよ」

「取られてからでは遅いのです！　――新参の女房とは、誰の紹介です！　どこの何者か身の証は！」

「は、はい、常陸介《ひたちのすけ》さまのご紹介です。あちらで二年勤めて評判になり」

葛城が懐から文を出し、桔梗に見せた。紹介状らしい。桔梗は文を取っていかめしく目を細めた。

「〝木工助《もくのすけ》の娘、橘《たちばなのよし》吉子《こ》、十九歳〟……螢火という呼び名は落ち着きませんね、木工《もく》の君としましょう」

「螢火の方が洒落てるじゃないの」

「洒落てはおりますがはしゃいだ名です。当家には相応しくありません」

それを聞いて若菜が小さく笑う。

「螢ってふしだらな虫ですもの。……浮かれ女のよう」

螢火はそれまで桔梗に叱責されるままうつむいて所在なさげに床に座っていたが。

若菜が笑った途端、立ち上がった。立つと頭のてっぺんが几帳より上にあった。忍より背が高い。その辺の女房より動きがきびきびしていた。

高い音が鳴ったとき、忍には何が起きたかわからなかった。

若菜が顔を押さえて悲鳴を上げ、ようやく気づいた。螢火が若菜のほおを張った。手を振り上げてためらいなく。

遅れて胸が高鳴った。心の臓が胸の奥で躍るのを感じた。

頭の中は空っぽで冷たい水を注がれたよう。何もかも押し流されてしまった。少し痛むような気もした。

――人が人を殴るところなど初めて見た。

「……やめなさい木工！　お方さまの御前で何ということを！」

桔梗が怒鳴り声を上げたとき、忍は失神しそうだった。

忍が密かに塗籠《ぬりごめ》を訪ねたのは夕方頃。別当邸では塗籠を季節外れのものをしまう物置に使っている。

不作法な童などを叱って閉じ込めるのにも。葛城は戸の錠を開けるとき、おっかなびっくりだった。

「……忍さま、本当に？」

「怖いの？」

「忍さまは怖くないんですか」

「怖いわ、どきどきしてる」

「じゃやめましょうよ。やっぱり殿さまに言いつけて百叩《ひゃくたた》きにして放り出しましょう」

「そうするとあなたも十叩きくらいはこうむるけど。痛いんでしょう？　竹の尺」

「わたしが悪かったんです、安請け合いして大それたことをしでかして。まさかこんなことになるなんて」

葛城がこぼすのを聞いているだけで面白い。忍と同い年で女の童から始めた古参だが、こんなに要領の悪い女だったとは。

「忍さまにもいいことが何もないですよ」

「あるわよ。塗籠に閉じ込められた女君を助けるなんて物語のよう。それにわたし、甘美な愛の幻に酔いしれているわ。好きな男に尽くして身を滅ぼすのって楽しくない？」

「全然楽しくないです。心底やめておけばよかった。情けをかけたのが間違いでした」

含蓄深い言葉だ。

真っ暗な部屋の中には古い香料の匂いが立ちこめ、螢火は棚の前で膝を抱えて座り込んでいた。縛られたりしているのかと思ったがそうでもない。ほおを腫らして緋袴《ひばかま》に単衣《ひとえ》だけのひどい薄着で、これだって十分気の毒な格好なのだが。

葛城が紙燭で照らすと険のある目つきでこちらをにらんだ。塗籠に閉じ込められた女君はさめほろと泣き暮らすものと思っていた。

「いよいよ百叩きにして放り出す？」

「まさか、そんなことなら下人にやらせるわよ」

忍は婉然《えんぜん》と笑んだ。彼女はここの女主人、何でも許される。

それで螢火の前に屈んで、持ってきた盆を両手で差し出した。

「椿餅《つばいもち》をお食べなさい。ご飯抜きはひどいわ」

盆に十個ほど載っているのは椿《つばき》の葉で挟んだ甘い餅。お腹に溜まるはずだ。

螢火はうさんくさそうに見て——一つ取って口に放り込んでもぐもぐ嚙んでいたが、そのうちぺっと床に吐き出した。

「美味くない」

「……椿の葉っぱは食べないのよ」

「食わないなら何でくっついてるんだい」

「指で摘まんで持ちやすいようによ」

「先に言えよ」

「ごめんなさい」

「謝らないでください忍さま。椿餅の食べ方を知らない方が悪いです」

忍の予定では食べものを差し入れて、慈悲深い貴女として敬われるはずだったのだが。まさか椿餅を一口で丸ごと食べる人がいるなんて。女の口がそんなに大きく開くとは。自分も頑張ればそんな？

螢火は椿の葉を引き剝がすのを憶えると、がつがつ食べた。味わう暇もないほど。あっという間に食べ終わって残った葉っぱを舐めていた。

「何だい、首を切る前にご馳走を食べさせる？　それが貴族のお慈悲？」

礼も言わなかった。

「首を切るなんて誰がそんなことを」

「あの怖い媼《おうな》」

桔梗だろうか。まだ四十六なのに媼はない。

「ここ、検非違使の頭目《とうもく》のお邸なんだろう？　偽女房なんかよくて百叩き、悪けりゃ斬首だって」

「頭目って山賊じゃあるまいし。別当さまよ」

「同じだろう」

「違うと思う。ええと、京に死刑なんてないのよ、帝の徳を損ねるから。そうじゃなくて。――あなた、わたしの妹にならない？」

「は？」

「義理でも何でもいいの」

「やっぱり無茶苦茶ですよ、忍さま」

葛城は運命に出会ったことがないのだ。

明るいと結構違うと思うが、暗い灯火の光だと横を向いた涙形の目、ほおの線、何もかもよく似て見える。

「木工の君とか大嘘なんでしょう。あなた、本当の名前は何？」

「……垂氷《たるひ》の娘、螢火。三代目」

「まあ素敵。〝たるひ〟に一音足して〝ほたるび〟なんて。〝子〟がつかないけどそれが諱《いみな》なの？」

「よくわかんないけど名前はこれだけ」

「流浪の白拍子って皆そんな？」

「流浪の……ただの遊女だよ」

「遊女と白拍子って何が違うの？」

「白拍子は男舞いだって言うけど……自分でそう名乗るかどうかじゃないのかい？」

なら白拍子でいいと思う。

「うちはお師匠が必ず〝垂氷〟で舞うのは〝螢火〟なんだ。垂氷は冷たい、情の薄い名前だからね。……前の垂氷はあたしが、大納言さまのご落胤だって」

「やっぱりあなた、浮舟なのね！　うちのお父さまの落とし胤《だね》！」

忍は心躍ったが、

「いえ、あの、いつのどの大納言さまなんですか？　忍さまのお父上が大納言になられたのは最近でしょう。この人、二十くらいですが二十年前の大納言さまというと……大納言さま、五人も六人もいらっしゃるし……」

葛城が水を差してくる。

「どのみちあたしだって信じちゃいないよ、証があるわけでもなし」

「これだけ似てるんだから縁者でいいわよ。ねえあなた、お殿さまの召人《めしうど》になるつもりはない？」

「は？」

〝召人〟は単に側仕えを指すこともあるが、ここでは〝お手つきの女〟——かなり格の低い愛人。

いよいよ螢火は面食らった顔をした。「愛人なんて、馬鹿にして」という風情ではなく。

「……そりゃ、あたしは助かるけど……」

「お餅、おいしかった？　餅と言わず毎日、御膳に魚の焼きものをつけてあげるわよ。あなた、鴨《かも》や雉を食べたことある？」

「そんなのより米だよ、白い米」

「そんなの当たり前よ。他には？　こんな暮らしをしたいという希望は？」

「畳で寝たい」

「お姫さまの御帳台に寝かせてあげるわ。毎日それは豪勢なご馳走に菓子を食べて昼寝もできる。子を産んだらそれが一生よ。しかも乳母が世話してくれるのよ」

「夢のようだね」

「そう、夢のよう。わたしの妹で夫の愛人。毎日わたしと縫いものをしながら物語の話などして、どうしてわたしたちは同じ男君を愛してしまったのかと嘆いたりしましょう」

「どうしてって……変わった人だね、あんた……」

「夫に相応しい女を手配するのも正妻の務めよ」

語り出すと忍はどんどん舌が回るようになってきた。

「わたし、もう三人も子を産んで四人目の子ができたら死ぬかもしれないし、この辺であなたに代わってもらえれば重畳よ。わたしとそっくりなあなたなら子も似ていて妾腹《めかけばら》だなんてわざわざ言わなければ誰も気づかないし、わたしとそっくりなあなたが愛されるのはわたしが愛されるも同じ」

「同じかねえ」

「同じよ。外でよくわからない女に捕まるくらいなら気心の知れたわたしの友達の方がいいわ」

「気心の知れた」

「今から気心の知れた友達になりましょう！　身の上話とか聞かせて！」

昔から、忍は自分から行動する主義だった。

幼馴染みの男と恋愛結婚できればよかったがそんな幼馴染みはいなかったので、祐高を自分好みの男に育てた。

夫の愛人と友達になりたいがいつまで経っても連れてこないので、自分で女を選んで自分好みに育てて夫の愛人にする。

彼女が若菜をひっぱたいたときにぴんと来た。これだと。忍は気に入らない女房をひっぱたくなんてできない。この芯の強さは祐高の役に立つ。

それに螢火を見ていると胸騒ぎがする。言い知れず心がざわめく。男にも女にもこんな気持ちを抱いたことはない。祐高にも。

「あんた、あたしが怖くはないのかい？　何とも知れない女」

「怖いわ。わたしから与えたつもりで全てを奪われてしまいそう」

逆に、彼女以外に奪われるなどあっていいのか。

「螢火は物語の男君なら誰が好き？」

「……薫大将さまとか？　よく知らないけど」

「そうそう、そういうの。本当に浮舟なのねえ。――薫大将は光源氏の末の息子で完璧な貴公子のように見えるけど実は母が不義をなした子で、何となくこの世に居場所がない、祝福されて誕生したのではないと思い悩んでいるの」

「思ったより陰気な男なんだね」

塗籠で彼女に語りかけていると少女の頃の夢が広がっていくようだった。夫に子供、せわしない現実がいつの間にか削り取ってしまった甘い夢。

恋も愛もない代わりに世界が無限に広くて、忍の願うこと全てがいつかどこかで必ず叶うと信じられた頃の。

5

祐高にしてみればたまったものではない。

一夜明けて、落ち着いて忍の乳母の桔梗を呼んで話を聞いてみれば、彼女も螢火の存在には難色を示していた。

「どこの誰とも知れない娘、賊を手引きしたりするかもしれないので早く放り出すべきです。あんな者をそば近くに置いてはいけません。殿さまからもおっしゃってください。忍さまははしゃいで己を見失っておられますよ」

いや、予想以上に辛辣《しんらつ》だった。

「ご自分に顔が似ているから何だと言うのですか。忍さまはあの女に絆されて冷静さを欠いておられるかと。殿さまの方であの女を処罰することはできないのですか。いつの間にか邸に潜り込んで、あろうことかお方さまに成り代わって御簾の中に座っていた女ですよ！　こんな無法を許してはなりません！　手引きした葛城も里に帰さなければ！　手伝った者が他にもいるはず！」

桔梗は本気で螢火を笞で打って京から追放せよと息巻いていた。

——祐高から見ても怖いほど怒っていた。女房装束を着こなした女が過激な言葉を。妻と同じ顔の女を笞で打つとか。忍には腹が立つが螢火はそれほどでも。きっと忍の方が目上で、無茶を言われてつき合わされているだけなのだろうし。

桔梗から逃げるように内裏と使庁の勤めに出た。

しかし螢火にそのまま忍と楽しく北の対で過ごしてもらうわけにはいかない。

幸いと言うか何と言うか。女の件でこみ入ったことを相談できる友人が一人いた。

……衛門督朝宣は今も友人なのだろうか？　内裏で声をかけたらほいほい遊びに来る。向こうはそう思っているらしい。この間と同じく寝殿の母屋に通した。

西の対にいた純直も呼んだ。やっと最近、彼は調子を取り戻して祐高の顔を見るようになった。

「今日は何やら北の対が騒がしいですが、忍さまに何か？」

「それなのだ。ちょっと、会ってほしい者がいる」

祐高が手招きすると、螢火が立ち上がり、手前の几帳から歩み出た——女なのにやたら足音高く歩くものだ。いっそ感心していたら。

獣《けもの》の断末魔みたいな凄まじい声がして——純直が畳に突っ伏していた。倒れ伏したまま、動かない。

「ど、どうした純直！」

思わず抱え起こそうとすると、祐高の手を振り払う。子供が駄々をこねて滅茶苦茶に手を振り回しているようで、近づけない。

「誰か、誰かある、薬師を！　手当てを！」

こうなったら従者たちで畳ごと持ち上げて、西の対に担ぎ込んで——そうすると純直は少し落ち着いたらしい。薬湯を煎じて飲ませ、僧都を呼んで誦経させ、今日は絶対安静ということになった。

病魔、疫神がまだその辺を漂っているかもしれないと女房たちが生米を打ち撒いた。魔除けをしている間、祐高と朝宣と螢火は気まずく黙りこくっていた。

「……前より悪くなっていないか？」

女房たちが退出してからやっとそうつぶやいた。

「女はたまに男の姿を見て失神するが、男がそのようにというのはあべこべだな」

「あの若さま、どっか具合が悪いのかい。元服したばかりで気の毒な。よく元服するまで生きてたね？」

円座に座った螢火は呆れた顔をしていた。朝宣は自分の目もとを指さしてみせる。

「あいつ近頃、白粉が濃くてな。どうやら隈を隠している。夜、眠れていない」

「貴族の若さまが眠れないとか、運動不足じゃないのかい」

「純直に限ってそれはない。寝足りなくてぼーっとしていたのか？」

「それだけではなさそうだが――女の話ではなかったのか」

朝宣は螢火をじろじろと見た。螢火は笑顔で愛想を振りまいたりしなかったが、目を逸らしもしなかった。

「これはすごいな、祐高卿好みの女だ」

「好んだ憶えはないぞ」

「陸奥の君によく似ているが陸奥の君は恥じらって目を逸らして顔を隠そうとしてそれは奥ゆかしい貴女だった」

「悪かったね、奥ゆかしくなくて」

――このやり取りで、祐高は忍がひどく朝宣を嫌う理由がやっとわかった。「我が妻の顔をじっと見たのか！」と締め上げたくなったが今日の本題はそれではないのでぐっと我慢した。

「名は螢火という。お前の邸に引き取ってもらえないか」

「女房として使えと？　それとも召人に？」

「いかようにも」

笞で打って放り出すよりましだった――朝宣に押しつける方がひどい気もするが。

「いいのか？」

「いいも悪いもない。この女を見ていると不愉快だ。――いや忍さまに腹を立てているだけでこの女には罪はないのだが」

よりにもよって忍が螢火を身代わりに御帳台に置いていたこと、祐高にとっては大層な恥だったがここを語らないでは事態の深刻さが伝わらない。

聞き終えた朝宣は、白けたように目を細めていた。

「宇治十《うじじゅう》帖《じょう》だ！　薫大将を気取っているのか、生意気な男め！　おれに押しつけるのか、下げ渡すのか！　北の方が死んでも返さんからな！」

「縁起でもないことを言うな、忍さまは死なぬ！」

「あたしの薫大将さまはこんなんじゃないよ！　全然違う！」

螢火が反論したのが意外だった。どさくさに紛れて祐高は「こんなん」呼ばわりされて少し傷つきもした。

——宇治十帖は源氏物語の番外編。宇治に住む親王の子、美人姉妹の物語。薫大将は姉の大君《おおいぎみ》に恋をするが、大君は年上の自分より妹の中君《なかのきみ》が相応しいと譲らない。業を煮やした薫は中君を光源氏の孫・匂兵部卿宮《におうひょうぶきょうのみや》と結婚させてしまう。真面目な薫に託そうと思っていた妹が、評判の好き者の手にかかったと聞いた大君は悲嘆のあまり病みついて死んでしまう。

やはり中君と結婚していればよかったと悲しんでいる薫の前に現れたのは、大君にそっくりな親王の隠し子・浮舟。しかし好色の匂宮がそれを見逃すはずもなく……

「この話、どうにも納得がいかん。忍さまもわたしより年上なことを気にするが、そんなに違うものか？」

「女の気持ちはわからん」

「そもそもの発端は親王たる親王や内親王が偏屈で、大君にせよ薫大将にせよのびのび育っていないせいではないだろうか……いくら女が頑《かたく》なとはいえ、その妹を勝手によその男と結婚させる男は真面目なのか？」

「卿も同じことをしている」

「閨で毎回、どちらの女か疑って忍さまにない手のほくろがあるかどうか確かめるのは嫌だからな！」

「必死だな」

朝宣は必死にならないのか。

「この女を情婦にして妻もこれまで通り愛でればいいではないか。美しい妻がそっくりな妹を連れてきて新たな妻にと勧める、神代《かみよ》の頃から男の夢だ。両手に花。姉妹の両方とつき合うと堅物の親戚に怒られたりするが他人の空似ならその心配もない」

「お前はそうでもわたしにとっては悪夢だ！」

「悪夢とは？　顔かたちは美女ではないか」

——きっと忍もそう思っているのだろう。

「……うまく言えないがこの女は忍さまではない。陸奥の君でもない。嫌だ。似ているだけの女なんて」

「子供っぽい男だな」

そうだろうか？　顔が同じで満足することの何が大人だ？

「忍さまは貴船の神に祈って分身を得たとかそれこそ子供のようなおとぎ話をするが、わたしは全然願ってないぞ！」

「貴船？」

「何とかいう法師が女鬼に出会って、経を誦すと毘沙門天《びしゃもんてん》が助けてくれたという」

「それは鞍馬《くらま》だ」

「貴船と鞍馬はどの辺が境なのだ？」

「卿も馬鹿だな。どうしてすぐ鬼や物の怪に結びつける。純直の影響なのか？　貴船で螢と言えば和泉式部だろうが」

「は？」

「〝もの思へば沢の螢もわが身よりあくがれ出づるたまかとぞ見る〟――〝男を恋しく想うと沢の螢の光も我が身から出た魂のよう〟」

いつの間にか当たり前のように朝宣による和歌の講釈が始まっていて、祐高はよほど物の怪に化かされた気分になった。

「螢は水辺の虫なのに恋のために己の身を焼く。詠み人が天下の浮かれ女、和泉式部というのがまたよい。美男の親王兄弟、兄と弟の両方と次々通じた女だぞ。父と息子の両方と通じたとも、名のある僧とも出来ていたとも言うな。木石の卿に想像できるか」

「僧の方は何を考えていたのか」

「よほど美女だったのだろうよ。最も愛したのは親王の弟の方、派手好きの美男でめくるめく大恋愛があったが三十にもならないで薨去した。その後、迎えた夫は二十も年上の受領。和泉式部も受領の娘、身分は釣り合っていたが結婚生活は冷えていたとか」

「夫の方は何を考えていたのか」

「かの道長《みちなが》公の家司を勤めたと言うから有能だったのだろうが、有能で堅実な受領など親王の後ではいかにも見劣りする。この歌は夫に宛てたとも、亡き親王に詠んだとも言う」

「おかしなことを。歌は普通、返歌をした人に宛てたものだろう」

「それがこの歌の返歌をしたのは人ではなく貴船の神だ」

朝宣が面白そうに笑ったのでからかわれているのかと思った。

「神がどうやって返歌を？」

「和泉式部の心のうちに呼びかけてきたそうだぞ」

「心のうちなど誰にわかる。一人で勝手に言っているだけではないのか」

「そうだ、そういうことをよくやるわざとらしい女なのだ」

てっきり、そんな身も蓋もないことを言うな、興が削がれる、と返されると思ったのでうなずかれて逆に迷った。

「神憑《かみがか》り、神託などと吹聴して目立ちたがるのは取り柄のない女と決まっている。歌も惚れたあまり魂が出るとか死ぬとか、女が大仰な言葉を遣っているだけだ。何一つ実《じつ》がない。和泉式部はあまり技巧に凝らないから勢いばかりだ。――それらを差し引いてなお詩情が胸を打つ。螢が愛しい女の魂かもしれないと、ちらりとでも考えたらこちらの負けだ。この歌が誰に宛てたものかもな。現実と詩情は対立するものではないぞ」

「そ、そういうものか……？　生きている夫なら神がどうとか言わずとも家に帰って伝えればいいのだから、やはり死んだ男に宛てているのではないか」

「死んだ男を想って身から魂が出たのでは普通だ。これほど重たい情念は生きている人に向かってこそ、と考えた者もいるのだ。じかに会って言えばいいのにあえて貴船で神や螢に想いを託す、その複雑な胸のうちは、と。あるいは神にかこつけて心当たりのある男全員にまとめて色目を使ってみせたのかもしれないが」

「無責任に面白がっているだけではないか。考えるだけ無駄ではないのか」

「そうでもないぞ。卿はどうだ、今すぐ北の対に行けば会えるのにわざわざ貴船の神に願掛けされた男。妻の複雑な胸のうちを知りたいのだろう？」

——〝貴船の螢〟だけでそこまで。精一杯、考えたが。

「……忍さまは浮かれ女ではない」

出てきた感想はこれだけだった。敗北感に打ちひしがれる。

「浮かれ女でない女が背伸びして浮かれ女の言葉を遣っているのはかわいい」

「そうか？」

「今からでもおれが天下の浮かれ女にしてやろうか」

「本当にやめろ」

「この女の名が螢火ならば〝男を想うあまり分かたれた己の魂の半身、写し身〟——愛されているではないか」

「う、嬉しくない！　勝手なもの言いだ！　女を差し向けていい理由にはならん！　上手いこと言ったから何だ！」

「返歌するなら自分で調べろ。おれでなくても誰か知っているだろう」

「わたしにわからないことが朝宣にわかるのも悔しい！」

「知らない卿が悪いとしか言えん。勉強しろ」

「使庁の勤めで忙しいのだ！」

「今度はどこの社の掃除だ、寺か。別当も夜警をするのか」

「お前と違って真面目に生きているわたしがどうして割を食う世の中に！」

祐高はちゃんと検非違使たちに飯を食わせて働いているのにこんなことで勉強が足りないとか。だからたとえ話は嫌いなのだ。

「これらを横に置いても、螢火とは美しい名だな。身を焦がすほどに情が深そうでいて、恋が終わる日を思わせる。虫の命は儚いが女の心はどうか」

それで朝宣はしっかりばっちり螢火ににじり寄って手を取り、甘い言葉を吐いたが。

「——気障《きざ》。背中がこそばゆいよ。あたしは飯を食わせて畳に寝かせてくれるんなら衛門督さまでも別当さまでもかまやしないけどさ。名前が螢だからってすぐに死ぬ安くつく女だと思われちゃたまんない」

螢火に一刀のもと斬って捨てられて、凍りついた。多分この男は女にこんな返事をされる想定をしていなかった。あり余る詩情が彼の中で焦げついたのが見えるようだった。

「……面白い女だな……」

「無理をするな朝宣。素直に傷ついてよい」

「別当さまはずばずば言う女が好きだって」

「そういうのではない」

忍はやはり深窓の令嬢だったのだ。螢火を見ているとよくわかった。朝宣の前に出すのにそれなりの女房らしく五衣《いつつぎぬ》に裳《も》唐衣《からぎぬ》を着けさせているが、座ると袴の裾が乱れて足首が見える。足より長い袴の裾を捌《さば》いて歩くのができなくて裾から足を出しているらしい。桔梗が激怒するのは螢火が何をしたというより、こんながさつな女が目に入るのが許せないのかもしれない。

「やはり朝宣にもこの女は無理めか……」

「卿はこの女に触れたのか？」

「指一本触れていない」

「ならやめておく。――祐高卿が済ませた後ならもらってもいい」

「は？」

言っている意味がわからなかった。

「卿が愛でて、半年ほど経ってこの女がいなければいても立ってもいられないというくらいになった頃に密かに一夜借りるのが一番よいが急ぎと言うならこの際、一晩か二晩遊んだ程度でいい。その後に引き取る。試してからにしろ。折角なのだから。食わず嫌いはよくないぞ」

「どうなっているのだお前の趣味は⁉　他の男が触れていない方がいいのでは⁉」

「秘密のない女には面白味がない！」

朝宣は大声で断言した。祐高が常識だと思っていたことを打ち砕く勢いで。

「おれはその辺の、清らかな乙女を口説いて落とした数を日記につけるような凡百《ぼんびゃく》の色好みとは違うぞ。自分に夢中な女を集めて女ばかりの豪奢な宮殿を作る、そんなものは願い下げだ！　おれに心酔して一生を捧げて死ぬ女などときめきが全くない！」

「そ、そうか？　……差し出されても楽しくないということか？　自ら刈り取るのに喜びを見いだして？」

「そういうことではない」

祐高は自分が人並みでない自覚があって世間に引け目のようなものを感じていたが、どうやら朝宣の方では世間一般の大多数、常識的、普通など忌むべきことのようだった。

「一つ二つ世間に言えない秘密を持ち、叶わない約束をするのが恋というものだ。世の人は安易にとこしえの契り、変わらぬ真心などと言い出すが叶わない方が楽しい。心変わりする方が楽しい。和泉式部だって死んだ男に貞節を捧げたりしていないのがいい。祐高卿は忍の上が八年つき合って気心が知れているから愛しているのか？　子を三人産ませて恩義を感じている？　まさか美味い飯で背丈を六尺にしてくれたから大事な妻なのか？」

「違う」

——即答はしたものの、少し自信がない。

「飯が美味い、話が合う、おれが病になったら水垢離《みずごり》をする、雷に打たれそうになったら代わりに打たれる、そんな母親のような女を望んで探し求めているのではない。約束とか愛ゆえの献身とか犬に喰わせればよいのだ」

「すごいこと言うねえ、色男」

京で一番不実な男、衛門督朝宣の力強い言葉に螢火まで苦笑を洩らした。

「聟に入れば将来が安泰だとかいい衣を着せてくれるとか子ができたら妻にしてもらえるとか受領の家なら食うに困らんとか、不純だ。一途に尽くしたから見返りがあるべきなんて糠味噌《ぬかみそ》くさい話はつまらん。ときめきがない。公明正大で確かに叶う約束など恋を曇らせるばかりというのがわからん愚か者ばかりだ。その愚か者の筆頭が卿だ、別当祐高卿。互いに底の底まで不実で何一つまことなどなくても、ときめくのが恋というものだぞ」

――出鱈目だ。遊び歩くための口実だ。ふしだらな行いを正当化するのによくもそんな屁理屈《へりくつ》を。

「明日の飯の約束などより口が上手《うま》いだけの浮かれ女の言葉を信じたいと思ったその瞬間、卿の知らない叶わぬ夢が見えるのだ」

――なのに少し突き刺さるところがある。恐らく世間体から始まった恋など不純に過ぎる。「家族のためにそれなりの結婚をしなければお互い、困る」なんて話は。

愚かで恥ずかしいことのように思えた。

螢火は鼻で笑った。

「さてはこの男、子ができたときのことなんか考えてないね?」

「子の母だから愛さなければならないというのは実にくだらん。人の心を不自由にするばかりだな。子を抱えて飢えて死んだと聞いたら寝覚めが悪いから世話はするが、それでおれの心が手に入ると思うな」

「何さまなんだよ」

「衛門督さまだ」

彼女が面白がるのに、朝宣はもう慣れたらしい。少しくらいの茶々で止まらなかった。

「ひととき夢を見ればその後は濁ってしまっても仕方がない。恋とは何百年も湧き続ける泉ではない。必ずそこにあると決まっていない代わり、美しく清らかに生まれつかなかった者でも手が届く螢の火だ。夜の闇の中で輝くが朝日が昇れば虫けらが死んで腐っているだけかもしれない。夢や幻の類だ。己が夢を見られなくなったのを相手のせいにして罵るような心の貧しい話は聞きたくない。富裕の邸に何人、美しく心優しい妾を囲っていようが同じことだ。人の世で位人臣を極めてもいかなる栄耀栄華《えいようえいが》を得ても、夢は望むまま自在に見られるものではないし、螢の火が輝いて見える夜は年に幾日もない」

優しいようにも、とてつもなく薄情なようにも聞こえた。

多分、死んで腐って土になってしまえば太郎の蜻蛉も朝宣の螢も見分けはつかない。

「卿は女との約束を全部残らず叶えてしまう、それはいかん。約束を一つ損なうことで、卿の恋は甘美で狂おしい無二のものになる。卿に必要なのは玉の瑕《きず》だ。おれは祐高卿の秘密を背負った女に魅《ひ》かれて自分でも秘密を刻んで約束を損なってやりたいのであって、北の方や陸奥の君に似ていれば誰でもいいのではない」

「途中まではものすごいいいことを言っていたような気がするが、わたしを巻き込まないでくれるか。なぜわたしが出てくるのだ」

「同じ女と八年とかときめきがなさそうだ！　おれでもこの女でもいい、誰か間に挟んで胸を掻《か》きむしりたくなるような恋の苦しみを知れ！　おれは約束を損なってなお台なしにはならない卿らが見たい！　おれに渡す前に卿も何かしろ！　手を汚せ、北の方に言えんようなことをしろ、それをこの女から聞き出す楽しみをおれに寄越せ！　おれにも役得がないと！」

「余計なお節介だ！　知らねばならんことなどない！　わたしの知らんお前の世界でお前と同じくらい不実な女と勝手にやれ！　見世物ではないぞ！」

——真面目に聞いた自分が馬鹿だった。何かものすごく見下されていたらしかった。

やり取りがおかしかったのか螢火が声を上げて笑った。大きく口を開けて奥歯まで見えた。こんな笑い方はいけないと乳母にきつく躾けられたものだ。

「ええい、笑うな、無礼であるぞ。朝宣のせいでわたしまで笑われる」

「おれは笑われるようなことを言った憶えはないが。一生を懸けた恋愛論だ」

「お笑いぐさであった。——京で生きていくなら口を開けて笑うな、螢火よ。せめて扇や袖で口もとを隠して声を殺せ。不作法であるぞ。わたしでなければ激怒する者もいる。気をつけよ」

祐高は教わった通りにしかつめらしく説教した。

「ああ、そう」

螢火は口もとを歪《ゆが》めて笑んだ。忍はしない表情だ。

突然、すっくと立ち上がった。

「いい男もいないし北の対に帰っていい？　お方さまがご馳走食わせてくれるって」

「自由な女だな」

「舞いも酌もなしで男の話だけ聞いてろってのは不得手でね」

「そんな根性で勤まるのか？　上臈《じょうろう》女房が無理なのはともかく、下臈《げろう》としてもいかがなものか」

「不器用な女なんだよ」

朝宣が「おれはいい男だ」と彼女を呼び止めるかと思ったがそうでもなかった。螢火は男のような足音を立てて渡殿に向かった。

「わからん女だ……」

「わからんのは卿だ。北の方とちゃんと話をしているか？　出家騒動から幾日も経っていないではないか」

螢火がいなくなった途端、朝宣が声を潜めた。さっきあれだけ大演説をぶっておいて、今更常識人のような顔をする。

「忍の上の出家騒動、本当のところは何があったのだ。幸せが怖いとかたわごとをほざいていたが真実ではあるまい」

「うん……まあ」

……ばれていたのか。しかし「出家などではなかった」と言うわけにいかない。

「朝宣が心配するようなことは何もないのだ、あれは。……若さゆえの愚かしさと言うか青春の痛みと言うか」

「わかるように言え」

「それが嫌だから婉曲《えんきょく》にしている。はっきり言えとかお前に言われたくはない」

むしろあの頃は幸せだった。結果が無惨だっただけで、最中はときめきに満ちていた。

馬鹿みたいな結末すらも時間が経てば甘い思い出に変わるかもしれない。

お前が思うよりこの恋は充実している。朝宣は八年目の倦怠期《けんたいき》とでも解釈しているのだろうか。祐高は毎日、違う乙女に出会うように忍に驚かされている。

——忍の方は子育てと縫いものばかりで刺激が少なかったりするのだろうか。いろいろやろうとして、はりきりすぎたのだろうか。

あの螢火という女は、祐高を驚かそうとして失敗しただけなのだろうか。だとすると心が痛む。

特別なことなどいらない。二人で当たり前の飯を食って季節の花を見て。毎年同じでもかまわない。

今まで通りでいいのに——

「本当に若さゆえの愚かな過ちか?」

だが朝宣の心配は全然違ったらしい。

「忍の上は陰陽師の術に惑わされ、出家せねばならないと思い込んで牛車を駆ったのではないか? 物の怪、式神などに取り憑かれて心を操られて」

「は？」

朝宣の目つきは真剣だったが——純直のようなことを言うなよ、と思った。

6

「お母さまが二人に増えた！」

螢火を見ると、太郎は満面の笑みで忍に飛びついてきた。

「こっちは太郎がもらう！　お父さまと姫と二郎《じろう》にはそっちのをあげる！」

逆に姫は、悲鳴を上げて泣きながらやはりこちらも忍にしがみついた。

「お母さまが死んでしまう！　そっくりな人は生き霊なんです、自分の生き霊と出会うと死んでしまうと乳母が！」

やっと首が据わって寝返りを打ち始めたばかりの二郎はそもそも忍と乳母の見分けもついていないとして——近頃、祐高に抱かれると泣くので男はわかるらしい——二人の反応で忍は上機嫌になった。

「二人とも、孝行な子ね。お菓子をたんとあげましょうねえ」

「あんたが楽しいだけじゃないか、これ」

螢火は子らに好かれる気はまるでないらしかった。

忍としては流浪の白拍子がいかなるものか二人にも語って聞かせたかったが、寝殿に祐高に文句を言いに行ったはずの桔梗がすぐに帰ってきてしまった。

「忍さま！　御子さまがたをその女に近づけるなどもってのほかです！」

すごい剣幕で太郎や姫の乳母たちごと叱りつけるものだから、乳母の方が怯えて子らを抱えて裏手に隠してしまうありさまだった。

「桔梗、この邸の女主人は誰？」

いい加減、忍の方は怒鳴られるのにも飽きた。

「忍さまには自覚が足りませんよ！　わけのわからぬ女をそばに置いて何かあったらどうするのです」

「だから刃物は持たせていないじゃないの」

「そういう問題ではありません！」

「そういう問題よ。桔梗、局《つぼね》に下がりなさい。わたしの興を削《そ》がないで」

忍がきっぱり言うと、桔梗は顔を強張《こわば》らせた。

「──ご命令ですか」

「そうよ」

「どうなっても知りませんよ！」

悪いが少女の夢に口やかましい乳母なんて邪魔なだけだ。

さて桔梗を追い払って気楽になったと思うと、今度は螢火の姿がない。

少しきょろきょろすると、衝立の陰で葛城に捕まっているのが目に入った。

「螢火さんねえ、わたしの立場も考えてちょうだいよ」

葛城は切羽詰まって螢火に詰め寄っている様子だが、螢火はうんざりしているようだ。

「どいつもこいつもあたしにああしろこうしろ。立場ねえ。結局、誰が一番偉いんだい？　京はややこしくってしょうがないよ。そもそもあんたはあたしの何だっけ？」

「意地悪言わないでよ。わたしもあの方のなさりようはあんまりひどいと思うのにあなたがそんな風じゃ」

「ひどいって？　おかげであたしは忍さまに気に入られて米の飯食って畳で昼寝もできることになった。万々歳じゃやないか」

「あなたはそれでいいでしょうけどねえ！」

「誰の都合が悪いってんだい。何もあたしのせいじゃないよ」

――あちらはあちらで気の毒なことで。人を欺いたりするからそうなるのだ、と少し意地悪くほくそ笑んだ。

忍は音高く手を叩いた。葛城はびくついて引っ込み、螢火がこちらに戻ってくる。

「夕餉にしましょう」

別当祐高卿の邸には庭以外にも自慢がある。

台盤所にいい庖丁人《ほうちょうにん》を揃えている――世間では食べものが美味とか不味とか言うのははしたないということになっていたが、やっぱりおいしい方がいいに決まっていた。

女房たちが高坏《たかつき》を運んでくる。さっきの騒ぎのせいか、いつもと全然違う顔ぶれだ。それは忍と桔梗が採めれば空気の読める者は日和見《ひよりみ》に回る。若菜が螢火にぶたれたのを恐れてもいるのだろう。まあ三人もいれば上等だ。

「……肉とか魚とかじゃないんだね」

「唐菓子よ」

高坏に盛られた茶色い塊に螢火は戸惑っているようだった。彼女が見慣れないものを、と思って作らせた。

「わたし、今日は良妻賢母をお休みするの。そういう気分。これが夕餉！　祐高さまは寝殿でつまらない魚でも食べていればいいわ！」

米粉や小麦粉を甘葛《あまづら》、蜂蜜《はちみつ》で練って揚げた菓子。宮廷料理として儀式で食べるものはいちいち細かく決まっているが、忍が作らせるものは自由だ。配膳の女房たちも忍たちが食べた後のお下がりが目当てとみえる。

「お腹の空いたときに甘いものを食べるのが苦手なら、まずこれかしら」

忍は四角い餅餤《へいだん》を取り上げた。野菜を煮て卵でとじた具を挟んだ餅だ。螢火は恐る恐る受け取ってかじった。

「……美味い」

「そう、よかった。――夫と乳母に逆らって唐菓子を食べるなんて背徳だわ」

これもまた少女の頃の夢だ。

「思ってたご馳走と違う」

「見た目よりお腹に溜まるから食べすぎに気をつけなさいね」

忍は自分では甘いものしか食べる気がないので、餅餤はよしておく。螢火の空腹が少し満たされたらいよいよ甘いものだ。

「これ、うちの自慢なのよ、餢飳《ぶと》。よそにはないの」

それは一口大で、生地に卵と胡麻《ごま》油《あぶら》を入れて外側にも胡麻をまぶして揚げてある。丸めてあるのが揚げると少し爆《は》ぜる。

「男君には内証《ないしょ》よ、太りやすいから。でも螢火は太った方がいいわ。男は腰がきゅっと引き締まったのが好きとか言うけど上と下は少しだらしないくらいでいいの」

飲みものは例の棗の煎じ汁で、一口飲んで螢火は驚いたように目をぱちぱちさせて鉢を見た。

「何だこりゃ、甘い」

「薬湯よ、血の巡りがよくなって若返るの。楊貴妃《ようきひ》も飲んでいたって」

「気取ってる。菓子も甘いのにこれも甘いのか」

「お酒の方がよかった？」

「そうでも。酒を飲むのは仕事だしね」

「楊貴妃、どんな人か知ってる？」

「唐土《もろこし》の美人だろ」

「皇子の妃だったのに美しすぎて父帝に奪われたのよ。〝七月七日長生殿《ちょうせいでん》で、夜半人無く

私語の時。天に在りて願わくは比翼の鳥と作《な》り、地に在りて願わくは連理の枝と為《な》らん
と――」

〝偕老同穴《かいろうどうけつ》〟は〝偕《とも》に老い同じ墓穴に葬られる〟――仲睦《なかむつ》まじい夫婦を指す言葉だが、墓穴の話が不吉だとも言う。

〝比翼連理〟もその由来はなかなかに不吉だ。

「玄宗《げんそう》皇帝が楊貴妃に夢中で国を傾けて安禄山《あんろくざん》の乱で逃げることになって。同道する家臣たちが楊貴妃の一族を一人また一人と殺して、最後に本人もくびり殺してしまうの。自分たちが落ちぶれて逃げているのは全部このふしだらな女のせいだと詰め寄って。皇帝を責められないから楊貴妃一族に八つ当たりしたのねえ。玄宗は愛した女を守れもせず、泣くばっかりでまともに墓も建ててあげられない。比翼鳥《ひよくのとり》は翼も目も一つしかなくて一羽では生きていけないの。五、六年で玄宗も死んだと言うわ」

死んだ女を飾るための言葉だ。もはや金銀の腕輪でも玉の櫛でも飾れない女を美しく語った七言の詩。

胡桃《くるみ》入りの索餅《むぎなわ》を千切って食べながら、後宮三千人の頂点だった女に思いを馳《は》せる。索餅は小麦粉の生地を縄のように編んで揚げてあり、見た目の美しさも肝心だ。

「ひどい話だ、何で女だけ先に死ぬんだ」

「そうね」

忍も、何でそんな嫌な話を教えるのかと思っていた。

だが「めでたしめでたし」で終わる話だけで人を育てることはできない。

「でも最近思うわ。先に死ぬのって楽。〝お前のせいだから今死ね〟って詰め寄られて死ぬの、悲惨だけどきっと楽。――熊野権現《くまのごんげん》の物語では天竺《てんじく》の果てで五衰殿《ごすいでん》の女御《にょうご》という人が国王に愛されて皇子を産むことになったのに、他の妃に嫉妬されて罪もないのに山の中で斬首されるのよ。死んだ後も亡骸から乳が出て産まれたばかりの皇子が吸いつくの。その後、国王に許されて王と妃と皇子と三人で熊野の神さまになった。産で死ぬのってきっと幸せなんだわ。後から皆に惜しまれて」

「気色の悪い話をする女だね。あんた、幸せ者なんだろう。浮気一つしない真面目な夫君に愛されて?」

「羨ましい?」

「あんまり」

螢火は索餅を指先でむしったりせず、そのまま噛みついて食いちぎる。がっつくような食べっぷりで口紅が剝げるが、美味《おい》しそうに見えたので忍も途中から真似をしてみた。

「もうちょいいけるかと思ったんだけど言うほど好みじゃなかったね。顔は悪かないんだけど面白味がない。衛門督さま風に言えばときめきがない?」

「ひどいわね。あなたわたしから何もかも奪って人生を終わらせに来たのに、その程度の覚悟なの? あの人を愛してはくれないの? 一口かじって返すなんて許さないわよ?」

螢火の目が泳いだ。かじりかけた索餅を指先で弄ぶ。

「あんただってあのとき笑ったじゃないか、あたしにくれる気なんかなかったじゃないか」

「あれは──」

「それに衛門督さまの話を聞いて思ったんだ。螢の火はもう──」

彼女が言いかけたとき。

小さな悲鳴があった。

「な、何してるんですか譲葉さん」

若い女房が中腰になって、几帳を倒してしまう。彼女の視線の先には。

葛城に後ろから抱きつくようにした譲葉。いや。

右手に、白く輝くものを持っている。

短刀？

「何やってるんですか螢火さん、そんなの食べてる場合じゃないでしょ！　ちゃんとしてくださいよ！　わたしが困るんですよ！」

金切り声でそう叫んだ。

地獄の鬼を羅刹という。男は醜いが女は美しい。

美しいが人を喰らう。

忍はそのとき、身の丈より長く伸ばした髪を引きずり、艶《あで》やかな五色の衣をまとった女が生きながらに鬼に変じる瞬間を見た。

7

「どう見てもあの螢火は、純直が難波で見つけておれのところに連れてくるはずだった遊女だ」

それは朝宣がわざわざ言わなくてもわかった。――そもそも貴族の邸に入るのを許されない身分の女だ。あんなきびきび動く女がいるものか。

男同士の話に口を挟む、姫君も女房もそんなことはしない。きっと貴族の相手をするような上等な遊女もその辺は弁えているだろう。

高貴な者は足首を見せない。長い袴や上衣で覆い隠す。男でも女でも。

「なぜわたしのところに！」

「それだ。祐高卿のところにやるのは純直の本意ではない。だからああなってしまったのだろう？」

何せ純直は螢火の顔を見ただけで悲鳴を上げて突っ伏してしまったのだから。

「……純直に何が起きた？」

「気の強い女に嬲《なぶ》られた程度ではない、おれもさっき確信した」

「純直は猪狩りをするのだから逆に仕留め損ねた猪に追いかけられたことくらいあるだろうな。女如きが恐ろしいなどあり得ぬ」

女につれなくされるなどは朝宣の方が打たれ弱そうだ。

「あの女がわたしの邸にいること、そのものに心を痛めているのか？　純直はなぜかわたしが忍さま以外の女とつき合うと怒るからな、陸奥の君とか……わたしが螢火に触れたらわたしよりあれの方が憤死しそうだ」

もしも普段通りの純直だったとして、忍が螢火を差し向けてきたなんて彼に話すべきではなかったのでは。

だが純直が倒れたのは、祐高が話を始めるより前だった——

「螢火という女、いつからこの邸にいた？　忍の上の出家騒動と無関係なのか？」

「関係とは？」

祐高は戸惑った。あれはただの馬鹿な遊びだ。駆け落ちごっこ。

「忍の上が留守の間に螢火が成り代わって、卿が気づかず同衾《どうきん》する。本来の陰謀はそうであったのだろうが」

「い、陰謀……？」

——待て、何かの間違いだ、そんなものはない。だがどう言えばいいのか。迷っている間にも朝宣は目を細めて訝り出した。

「卿はどうやって忍の上が出家しようと邸を出たのを知った？　北の対で螢火と会って別人と気づいたわけではなく、螢火のことは昨夜知った？」

「あ、あの日は怪しい牛車が出ていったという話を聞いて忍さまだと思ったのだ！　近頃思い悩んでいた！」

「嘘が下手なやつだな……しかしおれにも情けがあるのでここはそういうことにしてやろうか……」

「そういうことにしてやるとは……陰謀とは何の話なのだ、わたしにはさっぱり。わたしは無我夢中で忍さまを追いかけるばかりで」

「忍の上が尼寺で出家したと聞いては、卿は既に髪を切っていても強引に連れ帰って還俗《げんぞく》させ、髢をつけてごまかすだろう。髪が早く伸びる薬など取り寄せて、妻が嫌がっても家に閉じ込めておく。それが人並みの夫だ。ましてや卿は京で一番の愛妻家ではないか。忍の上はその程度のことも予測せずに牛車で飛び出すような浅はかな女か？」

女は出家しても、足もとまで伸ばした髪を肩辺りで切り揃える程度。父が亡くなって母もそうした。

丸坊主にはしないので若い女でまた俗世に戻りたいと思ったら、髪が伸びるまで髢で補うというのは聞いたことがあるが。

「追いかけられないためにはあらかじめ似た親戚の娘などを己の身代わりにして、それを妻として扱うよう文を書いて残す。そういう小賢《こざか》しい女がたまにいると言う。乳母や女房にも言いつけておくのだ」

「そのようなことをされて納得して追いかけないような夫はいるのか？」

「たまにはな。自分より若くて上等な女ならば満足するだろうと踏んで」

「男を馬鹿にした話だ」

――それで祐高は昨夜、大いに傷ついたが――

「だが忍の上の乳母に嫌われている螢火は、出家するために忍の上が用意したとは思いづらい。夫に喧嘩を売るのに己の乳母すら味方につけていないのは無謀に過ぎる。女の世界も根回しだろうが。純直も己が具合を悪くしてまで忍の上に遊女を譲ったりはするまい。我慢できなくなって卿に何もかも喋ってしまっただろう。そもそもどうやって忍の上が純直が手に入れた遊女の話を知るのだ。純直の妻は忍の上がこの邸で世話しているのだろう？　大恩があり姉同然に慕う忍の上に、そっくりな遊女がおります、と？　侮辱ではないか。そんな戯れ言を言うやつではないぞ。さっさとおれに引き渡して終わりだ。こういう面白いものがいるのだからもう忍の上にも陸奥の君にも興味を示すな、と釘《くぎ》を刺して」

忍の顔を知る男はほとんどいない。祐高と忍の父だけ。陸奥の君は純直と朝宣だけ。

――泰躬も知っていたか？

難波に出入りする小役人などがいたとして、「ああ、この顔は彼女に似ている」と気づく者はいない。

「見つけたのは純直だが、他に奪った者がいる。それしかない。――忍の上を寺で出家させてその間、寝所に螢火を置いておく。卿が螢火と一度でも同衾してしまえばそれでお終いだ。他人の空似と気づかねばそのまま忍の上は寺にいる。気づいたとして、心ならずも妻を裏切った卿は傷つき、へし折れて忍の上を追いかけて寺に押しかける気力が失《う》せる。

横合いから口を挟んで責め立てる手もあるな。〝己はそのような不義をしたのに一人前に妻を引き留めるのか〟と。潔癖の卿には耐えられまい」

――あまりにも荒唐《こうとう》無稽《むけい》な話だった。そもそもまず忍が出家しようとしたというのは大嘘なのだから。ふざけていただけなのだから。従者や使庁の下官のために辻褄《つじつま》を合わせてやっただけなのだから。

「そして純直もそのような陰謀には耐えられなかった。心ならずも卿と北の方を陥れることになって悩み苦しみ、卿が妻を寺から連れ帰った話を聞いて涙にむせんだ。何よりの証ではないか。純直からすれば卿らが自力で助かってくれるのが一番よかったのだ」

だが実際に螢火はこの邸にいて、純直は泣いたり喚いたり物の怪が憑いたようになってしまった。

信じられなかった。傍《はた》から見たらそんな風に？

「陰謀などそんな――失敗したら――」

「現に失敗している、卿は何も気づかないまま忍の上を連れ戻した。困っているのは螢火、あの女だけだ。別当祐高卿を誑《たぶら》かして北の方に成り代わって安穏《あんのん》と暮らすか、命令を成し遂げたら褒美でも出たのか。今や見込みがなくなってやけになって、この際おれの愛人でもいいとほざく。それすらも真面目ではない。もうあの女の話は終わっていてこの先に展望がないからだ」

「な、何のためにそんなたくらみを？」

「卿をくだらない凡百の男にするためだ。一度派手に転ばせたら二人も三人も同じとなって妾を侍《はべ》らせるようになり、新たな妻を得るかもしれない。忍の上を失ったら後添《のちぞ》いが誰だろうが同じだ。趣味の悪いことだ。おれの見たいものとは逆だ」

こうなると一体どこで「実は嘘だ」と言えばいい？

いや。

始めは「おかしな話で惑わせてたわごとを言わせて申しわけない」という罪悪感があったのに、今は自分の記憶の方に自信がなくなってきた。

「純直より目上で命令できる者はあまりいないが、ああまで嫌がることを誰が……まさか父御やお祖父さま……」

「太政大臣家が卿に女をあてがって得などあるか。一生、忍の上といちゃついていればいいのだ。誰も困らん」

今更、鼻で笑われても。

「令息が若気の至りで妙な女と結婚ごっこをしているのを卿らが手助けしたりして、あちらは苦々しく思っているかもしれんが、それならもっと堂々とわかりやすい嫌がらせをするだろう。何せ卿は鈍感ではっきり言わねばいじめられていても気づかんのだから、太政大臣家が不快に思っている意思を示さねば。密かに女を差し向けて北の方と別れさせるなんて陰険でまどろっこしい真似はするまいよ」

「そんな風に言われたら誰も困らんだろうが。陰険なやつなどいない」

「この世に一人だけいるぞ。卿の〝純愛〟ぶり、真剣に困って何とかしたいと常々思い悩んでおられる方が」

朝宣の話は玉手箱のようだった。そこにあるからといって開けるべきではなかった。忍に指図されてついた嘘が立ち上る煙のように祐高にまとわりついて全てを覆い隠した。すっかり自分の姿を変えてしまう。

変わり果てた世間の景色に合わせて。

彼女と過ごした一夜の甘い夢の正体を暴いて、その代価を魂で支払えと迫る。

そんなことを聞いてしまっては確かめずにおれない。話をさせるだけさせて悪いが、朝宣には帰ってもらった。

その邸にはきちんと使者を送り、十人、二十人の仰々しい行列を作って牛車で赴いた。いつぞやとは違って寝殿の母屋に通された。畳も高麗縁だった。

彼は袴なしで直衣を着たくつろいだ姿で、脇息にもたれて酒を飲んでいた。祐高の顔を見るとにこやかに破顔した。

「おお、よく来たな。夕餉はまだか？　久しぶりに酒でも飲むか。今日は丁度、鯛があるらしいぞ。今焼いているところだ」

母屋は薫香の匂いに満ちていて焼き魚の気配などまるでなかった。台盤所から遠いのもあるだろう。

「飯を食いに来たのではないです」

「朝宣みたいなことを言うなよ。小食ぶって変な遠慮をする連中はいけ好かない。お前に飯を食わせるのは楽しいのだ。大きな図体でよく食べるのを見ていると気持ちがいい」

――先日、忍と同じような話をした。胸が痛かった。

「そんな場合ではないです、人払いをお願いします」

「何だ、怖い顔をして」

「難波にはよく行かれるのですか、薫大将さま。大層人聞きのいい遊びをなさったようですね。その場限りの戯れ言であっても二親を辱めるような名はやめていただきたい」

声を低めると、それで酒器や酒肴の膳など持ってこようとしていた女房や家人が足を止め、よその部屋に去っていった。多分心当たりがあるというよりは祐高の剣幕にただならぬ気配を察して。

――螢火は物語の男君に憧れるようなたちではなさそうだった。なのに〝あたしの薫大将さま〟と。祐高はそのようではないと言っていたが随分、具体的な人物像を心に思い描いていたものだ。

そういうあだ名の男でもいたのか。いい匂いがするのか、母が不義をしたのか。

あるいは本当に右近衛府の大将で、比べたくなるほど祐高に似ていたのか。

京の身分ある貴族は難波の遊里になど行かない――そう唱えることでその日、見かけなかったあらゆる男は難波にいたかもしれないことになるそうだ。

そんな場所には誰もいないので確かめようがない。難波で誰それを見かけたと言い出す、その語り手は何をしていたという話になる。取るに足りない下人の言うことなら相手にしなければそれで済む。

ごまかせないと思ったのか彼は少し目を逸らした。

「――純直が白状したか？　何とかいう陰陽師？　あの女？」

鎌をかけただけなのに。こんなのはくだらない冗談の類だ。

「自分で思い至りました」

嘘だ。――事情通がそんなにいるのに皆、律儀に黙っていて、全然無関係の朝宣に教わらなければ気づかなかったというのも間抜けな話だ。

「この世でわたしと妻の仲を引き裂こうとする者は我が聡明な妻とあなただけです」

「聡明な妻！」

彼が口を開けて笑った。

「何だ引き際を弁えているのか、わたしが思っているよりいい女だ。なら問題はお前だけだ！　里に帰してしまえ！」

――父は五年前に儚くなった。生きている頃から祐高のことを忘れるような人だった。

母は大人しくて控えめな人だ。子の躾は乳母に任せて無関心。出家した後は妹一家と暮らすようになって、もう季節の行事でも祐高とろくに会いもしない。

祐高と忍の夫婦関係を心底案じてくれるのは、この世にたった一人の兄、大将祐長しかいない。

「鬼のような女、清涼殿で太刀に手をかけてまで守るものではない！　お前は誑かされているのだ。目を醒ませ！」

祐高が微行事件で自主的に謹慎している間、朝宣が宴を開いた。そのとき、大将祐長と入れ違いで純直が帰ってしまったことがあったらしい。

しかし純直は宴席を立ったのに車宿にも行かず、忽然と消えてしまったとか。

何のことはない。車宿に近い下男下女の廊にいた。純直は衣に羹や干物がごちゃ混ぜになった汁をつけたままで、その匂いが外まで漂っていた――

廊の戸を叩いて尋ねたところ、媼は知らないと言うものの「高貴の若さま」と。世の中には年かさの少将もいるのに。

朝宣は見え透いた嘘に気づいたがそうまで隠れるのを無理に引っ張り出す理由がなかったので、見逃した。

翌日、改めて確かめると今度は下女どもは隠し立てもせず喋った。

面識もないところに突然飛び込んできたらしいが、下女どもは純直のありさまを見て、宴で悪い大人たちに酒を勧められすぎて逃げてきたのだと思った。何せ若くてかわいいので泣き上戸で上手く喋れないのも気の毒で。

彼女らは俄然張り切って〝追っ手〟に見つからないようかくまってやった。まず一番の年寄りを前に出して朝宣を追い返した。

それで皆で衣の汁を拭って悪酔いに効く薬湯を飲ませて幼子をあやすように優しい言葉をかけ、落ち着かせてから密かに車宿に送り出したとか。きらきらしい美少年が泣いて助けを求めてきたのは彼女らからすれば役得だった。「殿さまとてあんな若君に深酒を強いるものではない」と朝宣に説教すらしたという。

しかし朝宣の見たところ、純直は悪酔いなどしていなかった。はきはき喋っていたのが急に引き戸の建て付けが悪くなったようにおかしくなった。

恐らく。

大将祐長が来たと聞いて宴会場を飛び出したが、まっすぐ車宿に向かったらそこで鉢合わせしてしまうのに気づいて、逃げ隠れしてそうなったのだと。唯一灯りが点いていたのがその廊で、泣いて下女に助けを求めるほど追い詰められた。

祐長は来ないと言うので宴に顔を出したのに――

純直には祐長と顔を合わせたくない理由があり、祐長も憶えがあるようだった。祐長に直接尋ねてもはぐらかされるだけなので問いただしはしなかったが。

螢火の顔を見て、やっとあの日に何が起きたのかわかったと。

祐高が馬鹿なことをしていたら本気で叱ってくれるのはこの人だけだった。

弟を真人間にするためなら純直がへし折れるようなこともためらわない。純直もとても言えない。

兄が弟の妻を密かに攫って寺に投げ込もうとするほど疎んでいるとか。

「――最初からわたしにおっしゃってくだされば純直がかわいそうな目に遭うこともなかったでしょうに」

「あの女を追い出せと言って、素直に従うのか」

「兄上は忍さまのことを誤解しています。わたしは誑かされてなどおりません」

「ほら、そうなるのだろうが。お前は色恋に迷って阿呆になっているのだ。荒療治をせねばわからん。――もっと若い女ならともかく八年目の妻に阿呆にされるとか」

不貞腐れたように吐き捨て、祐長は手酌で銀の盃に酒を注いであおった。

「純直がかわいそうだと。わたしは助けてやったのではないか」

顔をしかめて憤っているようで、逆上して居直ったのかと思ったが。

「女を買いに来たのに自分が買われそうになっていたからな！　あれときたら麗しく薄化粧した京の若君のまま、髪も肌も綺麗でぼろの狩衣を着ていても伽羅香《きゃらこう》の匂いが身体に染みついている。乳や尻を出した遊女よりそういうものこそ雅かと難波の田舎者どもが舞い上がって」

流石にそれは予想外で愕然《がくぜん》とした。

「……す、純直を苛んだのは遊女ではなく他の客？」

「どうせ楽しむなら一緒に遊ぼう、花代はおごってやるから自分の気に入りの遊女と絡めと下司どもにしつこくつきまとわれていた。純直と遊女を一つ舟に乗せて両手に花としようという男ばかりで喧嘩にもなりかけていた。遊女はどれを買っても大差ないが純直は一人しかいないからな。男はあまり売っていない」

――純直の魂を取ったのは橋姫などではない、と誰かが言ったような。

仔犬のような純直は女官人気は大したものだが、何なら男の官の、という話は小耳に挟んだことがあった。そのときは太政大臣家に失礼なのでやめさせたが――

「人が羨ましがるものを下司に見せてはならんとあちらの御家では教えていないのか？しかもあやつら、摂津守に根回しもしていないものだから」

兄はそんなに難波で立ち回るのに慣れているのだろうか。それも呆れた話だ。

「わたしの弟で待ち合わせをしていたということにして声をかけて船に乗せてやったら、ほっとしていた」

「あ、兄上は純直を助けてやったのですか」

「折角だから髻《もとどり》を放って女の衣を着せたら大層似合っていた。紅も引いて」

「やはり兄上が一番ひどい目に遭わせたのではないですか⁉」

裸に剝いて転がしたのと同じだった。

「ひどい目とは何だ。下司どもを押しのけて難波一の美女を手に入れたのだから相応しい姿にしてやったまで」

「烏帽子を奪って女の衣を着せるなど、本家の嫡流を辱めるような！」

「そうだ、自分が嫌なことを人にさせては辱めだ。わたしは長幼の序を弁えている。嫡流の純直を若年だからと軽んじるようなことはしない――なので自分も同じ格好をした。楽しかったぞ」

――それは良識でも何でもないと思った。

どうやら純直の様子がおかしかったのは、陰謀に心を痛めていただけではなかった。髪を解いて女の衣を着るなんて冗談にすらならない、祐高には酔っていても無理だ。なのに兄は笑っている。

「女どもの受けもよかったぞ、皆喜んでぜひ弟子にしたいと。どんなことでも褒められると気持ちがいい。京のとりすました女は好かん。母上のようにいちいちたとえ話の多いのは疲れる。難波の女はいい、飯を食わせてやれば美味いの不味いの言っておかしければ笑う。玉の櫛をやるのに気の利いた和歌をつける必要もない」

祐長は指先を湿らせて小皿に盛った塩をつまんで舐めた。酒肴らしい酒肴もなく、塩だけで酒を飲んでいる。

――自分とそっくりなこの口もとに女のように紅を引いて？

二十二年の人生で兄の顔は見慣れているのに、急にまっすぐに見ていられなくなった。

女好きは、男は皆そうだ。仕方がない。だが難波に出向いて女の格好をするなど寒気がする。父から大将の御位を譲られた者のすることではない。ましてや他人に強いるなど。

祐高が信じていた兄は全て嘘だったのだろうか。

「痴れ者のすることです」

思わずつぶやくと。

「そうだ、京ではできない痴れ者の行いだ。馬鹿なお前のために年寄り連中に頭を下げて気疲れしたからな！　二郎、お前は自分の邸でも真面目ぶって妻の寝所にばかり通っているから殿上抜刀などという物狂いの真似をするのだ。人目のない難波で遊女相手に息抜きをして、忠臣として内裏に上がる。その方がずっと真面目だろうが！　公私を弁えているのだ、わたしは！」

急にいつもの兄に叱責された。

——言われるとそれも一つの真理ではあった。一生にしでかす愚行の数が決まっているのなら、内裏や洛中でやらかさずに難波でやった方が人に迷惑がかからない。それ自体には筋が通っていた。

「従者へのねぎらいも兼ねているのだ。遊女を集めてぱーっと遊んで憂さ晴らし、主人の払いで。従者どもがどれほど喜んでいるか」

祐長は悪びれもせず、説教するようだった。

「ついでに教えてやろう、二郎。お前は自分の身持ちの堅いのをいいことと思っているか知らないが従者は不満だぞ。主人の夜歩きにつき合って己一人では行けないよその貴族の邸に入れるのはおいしい話なのだからな。景気のいい受領の邸にでも行けば伴の者も暖かい部屋に通されて酒食をふるまわれて、己もその家の女房や下女と世間話なり何なりして、色恋に持ち込むこともできる。主人の色好みは大歓迎だ。目下の者たちの得になるようふるまうのが主人の務めだぞ。いつも同じ邸に入り浸っているのでは飽き飽きだ。お前が真面目で幸せなのは忍の上だけだ。お前が遊びに連れていってやらない従者どもは忠臣どころかいつかお前の手を咬《か》むぞ」

それも耳が痛い。他人と違うことをして、困るのは祐高でも忍でもない。

邸の主人は内裏で勤めを果たしているだけではいけない。わかってはいる。当たり前の夜歩き一つ上手くできない祐高に失望している者はいるだろう。

道理の通らないこともあるが。

「――従者ども、皆の前で純直を辱めた上に螢火を奪ったのですか」

「向こうがわたしに惚れたのだ。無粋なことを言うなよ」

祐長はゆるり、頭を横に振ったが、祐高は螢火の笑い声の大きいのを思い出していた。

祐高は朝宣と二人だったので少し気に障った程度だったが――

難波で遊ばせてやって喜ぶ程度の下司と、何人もの女とが皆で自分を指さして大声で笑っていたら――それも自分が恥ずかしい格好をしていたら――

純直は大臣家で生まれ育って、そばにいるのは中宮の側仕えのような選りすぐりのつつましやかな貴婦人たち。皆、彼の前では淑やかに声を潜めてしなを作り、曖昧に微笑む。

女に嘲《あざけ》られたことなどなかったろうに、悲鳴を上げるほど怯えるようになった。

夜に眠れないのは悪夢にうなされているのか？
なのに兄はその気持ちがわからないと。自分は羽目を外して楽しかったから。

「聞けばあの女は大納言家の落とし胤だなどと、ややこしい身の上であると言うから。わたしは手助けしようと」

「手助け」

　こちらもこちらで世迷い言を。人知れず貴族の邸に送り込むことの何が手助けだ。桔梗は螢火を笞打って放り出すところだったのに――

　祐高はそこまでしなくても、と思ったが、桔梗はちゃんと自分の役目をわかっていた。忍の代わりになる者なんかそのままにしておいてはいけない。物盗りどころか、北の方の座を盗もうとした女――

　そしてもう一人。

「陰陽師とおっしゃいましたね。同席した天文博士に、忍さまに術をかけて出家させるよう命じたのですか？」

「そんなこと命じていない」

祐長が堂々と答えたので祐高はまた予想を外した。

「わたしは別に何でもよかった。お前を呼び出して惚れ薬を飲ませてあの女に引き合わせるとか、雨に濡《ぬ》らすか池に突き落とすなどして凍えさせてあの女と二人、狭い部屋に閉じ込めて温め合わないと死ぬという気にさせるとか。わたしはお前をどうにかしようと思ったが、陰陽師が忍の上を操る方がたやすいと自分から言い出した」

――そこは、朝宣が唯一思いつかなかった部分だった。「男が人知れず邸の奥の人妻のもとに入り込んで出てくる方法はいくらかあるが、貴女を牛車に乗せて連れ出すなどたやすくできるはずがない。陰陽師を使って術をかけるくらいしか。陰陽師は恋を叶えるまじないもすると言うが心を操って破局させることもできるのか」――

逆だった。

「安倍晴明直伝の秘術があれば女の魂を抜いて意のままにできると大言壮語した。深窓の令室といえど自ら牛車に乗って出奔《しゅっぽん》させるくらいわけはない。丁度いい尼寺を知っている。折角だからそこで出家してもらおう。お前は忍の上の寝所に忍の上がおらず、似た女がいるなどと思うまい。惚れ薬など使わずともいつも通り同衾させるだけで。お前は妻が小賢しくも身代わりの女を置いて出家しようとしたと聞けばさぞ落胆して、今度こそ愛想を尽かすだろう――それで任せてみたらまんまと失敗しおった。まさかお前が忍の上を追いかけるとは思っていなかったとか、長く続く術ではなく夫が妻の諱を呼んだら正気に返ってしまうとか。それで陰陽師の方は術を返されると具合が悪くなるとか言って寝込んでいるらしいが、もう勤めには戻っていると聞くぞ。わたしに会いたくなくて逃げ隠れしているだけではないのか。どうしてくれようか、あの狐め」

答えはこうだった。

難波の遊里で純直が見いだした螢火ならば妻以外の女に興味のない弟でも関係を持つか

もしれない、少し強引な細工をしても――大将祐長が無邪気に考えたとき、天文博士安倍泰躬が何をしたか。

とりあえずその場限りの安請け合いをして話をごまかした。

――やはり陰陽師のため息は凶兆だったのではないか！　家庭不和で思い悩んでいるとかどの口で。

家庭不和は祐高の方だったのではないか。憐れんでいたのか。

祐高があばら屋の話を切り出したときの、陰陽師の顔！　笑っていても幸せそうに見えないあの男が柄にもなくなぜだかはしゃいで。

陰陽師はあばら屋に詳しい、それはそうなのだろう。祐高にあばら屋の良《よ》し悪《あ》しなどわからないのをいいことに、尼寺の近くを選んだ。彼が。

祐高が道祖神の社の前で車を止めたのは偶然で、従者も錦部も雑色を殺して逃げた男もそうなると知らなかったが――

たった一人、前もって知っていた者がいる。

怪しい牛車がいると錦部大志に声をかけた童子。

祐高の牛車がいつ頃どこを通るか知っていれば、いつも同じ時間帯に夜警をする検非違使と鉢合わせさせ、騒ぎを起こすことが可能だ。「色男の微行に見せかけているが夜半に金目のものを運んでいるようだ、賊ではないのか」とか言って御簾をめくらせて。

子供の姿をしていたが、陰陽師の放った式神だったのだ。

人殺しが逃げたとか祐高の気分とか関係ない。何もなくても牛車はあの辺りで検非違使と出会って止まる予定だった。評判の尼寺のすぐそば。

忍は陰陽師の術にかけられて尼寺に連れ去られるところだったのだ——二人が牛車で非常識な騒ぎを起こせば、大将祐長にはそう見えた。

朝宣は人妻を邸から連れ出す術に興味津々だったが、実際には祐高ごと連れ出していたのだから彼の望むようなものではない。

泰躬は「これで角を立てず兄と弟、両方にいい顔ができる」と思いついたのか？　少将純直が逆らえない大将祐長の言い出したことは、たわごとであっても看過できない。自分がそれらしい話をして引き受けてほどほどに失敗したふりをする——泰躬の立場ではこれが一番いい。

京の者は陰陽師の秘術などと大袈裟な話をすればはしゃいで目がくらんで飛びついてくる。雰囲気を作って祐高と螢火を出会わせるというだけの話をより難しい忍誘拐にすり替えた。もとよりできそうもないこと、途中までは上手くいっていたという体裁を整えたのは凄まじいが。

忍が家を出て、祐高が自力で連れ戻したなら仕方がない。陰陽師の術も愛の力には敵《かな》わなかった、と。似た女に惚れてもらうなど、どだい無理な話だったと祐長に諦めてもらう。万事解決。

祐高があばら屋云々《うんぬん》と馬鹿なことを言い出さなければどうするつもりだったのだろう。本当に忍の諱を人形《ひとがた》に書いて呪詛《じゅそ》して魂を奪うつもりだったのか。ほどほどのところで術を解いて帰すことができたのか。

祐高がうさんくさい薬を盛られたり監禁されたりしないように機転を利かせて助けたが、恩に着せるつもりなどなかったので奥ゆかしく黙っていた?

兄と弟が気まずくなるのは心が痛むので悪いことは全部自分の胸に秘めていた?

最後に会ったとき何と言っていた? 「いや無体な兄を持つと弟は苦労する、どこの家も同じ。お互い頑張ろう」とか何とか?

——大きなお世話だ。

泰躬はかつて兄の娘と結婚するよう強いられてその後に出会った今の妻は貧しく、親戚に受け容《い》れられていない。

それが忍の庇護《ひご》で住む邸を得て食べものなども世話してもらった。忍には大恩がある。ひいては祐高にも。

だから祐高と忍が実の兄にひどい目に遭わされたりしてはいけない、多少無理をしても泰躬が泥をかぶってやらなければ——

それはかつて、忍が彼に恩を売っておけば何かと役に立つとほくそ笑んだからなのだ。

その通りに泰躬は恩を返した。

全ては賢い彼女の手のひらの上。

何て――

何てくだらない話だ。

約束を守って義理堅いというのはもっといいことだと思っていた。尽くしただけ報われるのが世の中のあるべき姿だと。

今、祐高が憤っているのはわがままなのだろうか？

助ける理由なんかなくても助けてほしかったし身を挺《てい》して必死で庇ったりしないでほしかった。

いつか、祐高が何も言わなくても忍が月をくれた。さりげなく。

もし「月を取ってくれ」と頼んであの答えが返ってきても祐高は納得しなかっただろう。片目を隠して見る月と酒盃の月で何も変わりはない。

あの日でなければ「いつもながら小理屈ばかり達者な女だ」とがっかりしたかもしれなかった。

螢の光が美しく見える夜は幾日もない。心に響くものがなければただの光る虫けらだ。

奇跡とはどうでもいい当たり前のものが美しく見えることだ。したり顔で差し出されるものではない。

朝宣の言った通りだった。

必ず叶う約束など不純だ。誠実で真面目など無粋の極みだ。

「——そう悪く思うなよ。あれも毎日占いやら穢れ祓いやら、宴で蛙《かえる》を殺すやら。小手先の技ばかりで、大技を振るう機会がなくて先祖直伝の秘術の腕が腐るとかぼやいていた」

なぜだか兄の方が取りなすように言った。

「晴明朝臣のまじないは死人をも蘇らせるとか？　だのに貴族は明日の天気がどうとか悪い夢がどうとかくだらない話ばかりで。自分も大層な技で名を馳せたいのに、と。——しかしこうなるとあやつの術で蘇った死人などどんな出来損ないかわからんな。死人など蘇らせずとも代わりになる者を見いだせばよいし、女一人攫うくらい下司の五、六人で押し込めば済む話だ。その方がよほど早かった。もの珍しさでまじない師になど頼るべきではないな。そうだ、お前が鬼のような女を陰陽師に調伏してもらいたいなどと言うから」

祐長が笑って、それでまた祐高の中の天文博士の姿が一変する。

「……本気でおっしゃっているのですか、兄上」

「冗談だ。——何だ、お前、あれに蘇らせてもらいたい死人でもいるのか。父上？　よせよせ、うるさいだけだ」

そんな話は誰もしていない。

その〝下司の五、六人〟とは〝大将祐長の難波での乱痴気騒ぎにお伴できて喜んだ従者〟のことか。純直が女装を強いられているのを笑うような。

そんなもの信じられるか。

〝普段は深窓《しんそう》に秘められていて目にすることのない公卿の妻女〟で〝どうせ寺に放り込んで出家させる女〟、どんな目に遭わされるか。

忍が自分から世を儚んで出家したくなるならその方がいいのに決まっている。段取りが逆でも。

それに検非違使の別当の邸に下司が押し込んで北の方を拉致《らち》して逃げたら大騒ぎだ。怪我人《けがにん》だって出るだろう。誰か死ぬかもしれない。

何より、人心が乱れる。賊が検非違使の別当の令室を攫ったなんて噂になれば世も末だ。法など守るだけ損だと民草が呆れて自暴自棄になる。

その首謀者が実の兄だったとなれば一層。

誰が公私を弁えた忠臣だって？

この世は帝王の徳によって治められている。世の乱れは帝王の不徳。

邪悪な陰陽師が跳梁《ちょうりょう》した方がまだましだ。それはそうなる。呪詛も大罪だが泰躬一人でやる方が手加減できるし、かかわる人数が少なければ口止めする手間が省ける。微行で人数を抑えるのは、口の軽いやつが混じらないよう厳選しているのだ。

下司は武勇伝を語りたがるだろうが陰陽師の式神ならそのような心配はないのだろう。

泰躬自身の破滅になっても。

ため息の一つも出るだろうとも。

もしかして祐長は、忘れているのか？　いつぞや祐高を木に登らせて忘れたように、泰躬に何の話をしたか憶えていない？　押し込んで忍を攫う話の後に祐高に媚薬《びやく》を盛る話をしたということもありえる？

もはや何が嘘で何が事実なのか。

「──で。お前は螢火には心動かなかったのか？　お前の好きな顔だと聞いたぞ」

祐長は音を立てて塩のついた指を吸って、祐高が心乱れていることにも気づかない様子だった。

「……顔だけで好きになるものではないです」

「だからお前は駄目なのだ！　減るものではない、試せ！　食わず嫌いをするな！　少しずつ慣らしていけば他の女も愛せるようになる。多少好みでなくとも頑張れ！　若いのだから！」

急に居丈高《いたけだか》に怒鳴りつけられて、祐高もかっとなった。

「なぜ兄上にそんなことを言われなければならないのです、女人と添うて子をなすのは果たしました！　父上母上や先祖への孝養には十分でしょう！」

「まだ足りん、お前はこれから皇女さまをご降嫁《こうか》いただく身の上だぞ！　一人目の妻にこだわるな！」

「皇女さまなど。不肖の身の上にそんな話はありませんしあれば兄上にお譲りします！」

「勘違いするな。わたしがいただいた後だ。女四の宮に懐妊《にょし》の兆しがあるのでそろそろ主上の許しを得て公《おおやけ》にしようと思う」

――賢すぎる祐長は、提子《ひさげ》から酒を注ぎながらまた祐高の予想を外して少し飛んだ未来の話を始めた。

「一人で二人もらうと世間がうるさいからお前ももらえ、女三《にょさん》の宮だ。お前、あまり幼いのは気が引けるだろう。十七なら大丈夫じゃないか。姉の方が気が強くて美人だしな」

「……それは」

この京で、貴女の顔を知るのは父親と夫だけだ。女三の宮と女四の宮は帝の腹違いの御妹姫で――

「まさか既に女三の宮さま、女四の宮さまのところに通っておられる？」

「ぼやぼやしていたら純直に取られるから先に選んでおいた。あれには十二歳の女五《にょご》の宮でいいだろう。后腹《きさいばら》で女御腹《にょうごばら》、更衣腹《こういばら》などとは格が違うし、あれが今の妻と三年ほど結婚生活を楽しんだらその頃十五歳だ。一人くらい残しておかないと。長幼の序だ」

「あ、兄上の……」

「気負うなよ。あちらはお前の方がいいと言っているぞ。わたしと違って真面目だから」

必死になって祐高と忍の仲を裂こうとするのはなぜか？

彼を凡百の男にするためだ、という朝宣の話に返ってきた。妾といわず妻の二、三人も邸に並べている、普通の。

それで妾宅巡りの半分も手伝ってくれればいいのに、どうせ兄と弟のどちらでもいいような女ばかりだと朝宣にこぼしていたらしいが――妾宅どころか――

――兄と弟の両方と通じる女はあまり普通ではないらしいが、前例はあると――

ひっとのどが鳴って、胸の奥に異物がこみ上げた。畳にへどを吐いてしまう。袖で押さえようとしてかえって直衣を汚した。

涙とへどが止まらなくて目ものども熱くて苦しいのに、祐長は大丈夫かとも聞かない。まだ口もとを鳴らして酒を飲んでいる。

「失礼なやつだな。乙女でなければ嫌か？　わたしの触れたものは汚らわしい？」

十七で男の毒牙にかかって「結婚は妹に譲る、男は真面目が一番」などと言っている娘がいるのに耐えられないのだ――

散々吐いて、やっと声を絞り出した。

「なぜ兄上がお決めになるのです」

「お前が決められないからだろうが。お前がその気になっていればわたしがこんなことをしなくてもよかったのに。お前が結婚に失敗したと言うから今度はわたしがちゃんとした女かどうか試して。お前を待っていたら皇女さまは皆、よその男のものになってしまう」

――ここに来てから、この人はずっとこうだ。「難波での遊び方を知らん純直が悪い」「清涼殿で太刀を抜くお前よりましだ」「螢火に事情があったから」「陰陽師が言い出した」「女三の宮が」――

どれか一つ二つなら正しいのだろう。しかしどれもこれも、何もかもが人のせいのはずがあるか――

この人はこれまでこんな風にして「勝手な他人に振り回されて、間に入る自分は大変だ」と言っていたのか。

「世間の皆が何かしら我慢して一人前になるのにお前だけわがままを言うな」

――もう耐えられない。

「失礼します、殿さま」

急に足音がして、知らない声がした。ここの家人なのだろう。

「別当さまに使いの者が参りました。いかがします」

「話を聞こう」

「……別当さまはご不調のようですが、手当てなどは」

「後にしろ。何の使いだ」

「は」

祐長が勝手に話を進め、家人が答える。

「はした女がお方さまを連れて牛車で出奔いたしたそうです、お方さまの喉《のど》もとに短刀を突きつけて絶対に追ってくるなと脅しつけて。一刻も早くお戻りください、と」

「はは、それは面白いな。何をしているのやら」

祐長が笑うのに、祐高はもはや顔を拭《ぬぐ》う余裕もなく、息を切らして頭を上げた。

「兄上の指示なのですか?」

「わたしは特に何も命じていない」

まだ兄は塩のついた指を吸っていた。

「螢火がこちらに帰ってくれれば惚れ薬などの策を試したのだがなあ、帰ってこないのだからなあ。お前がここに来ると使いを寄越したから、返事を届けさせるついでに急《せ》かさせただけだ。〝まだか〟と」

どうやら、女の家などに逃げられないように来る前に兄の居場所を確かめたのが裏目に出た。

「浅はかな女どもは何をするかわからんなあ。まさか忍の上を攫って逃げるとは。妻など脅かして里に帰してしまえばいいだけなのに」

ならば彼のたわごとを聞いている場合ではない。

祐高はそのまま立ち上がった。

「急いで帰る、誰か馬を引け！」

「せめて着替えていけ、みっともない」

「兄上の指図は受けません」

「どこに行くともわからんのに慌てても無駄だろう。使庁は受領の邸にでも逃げ込まれたら手出しできんのだろう？」

兄が直衣の裾を引っ張った。

「ついでに飯を食って酒も飲め。あれはお前がそこまでしてやるような女ではない。いいじゃないか、皇女殿下をご降嫁いただけば。どうもわたしは男の子ばかり作ってしまう。

女四の宮のも男のような気がする。お前が女の子を作ってくれ。わたしたちの子を次の帝の妃に――」

耳を塞いで、寝殿から駆け出し厩《うまや》に向かった。

それでも最後の声が耳に残った。本当にそんなことを言っていたかはわからないが、心に響いていた。

「お前はわたしにとってこの世でただ一人の同腹の弟、信じているのはお前だけだ、二郎」

8

「何やってるんですか螢火さん。忍さまを御寺で出家させるんでしょう！　ちゃんとやってください！」

譲葉は短刀を葛城の首に当てたまま喚いた。十六の少女は顔が真っ赤だった。逆に葛城は血の気の失せた顔で声も出せず、目だけで助けを求めていた――

「何をしているのかはそっちよ、譲葉」

忍はかじりかけの索餅を置いて立ち上がった。

「刃物なんか振り回して。やめなさい、落ち着いて話して」

「ごめんなさい忍さま。わたし、大将祐長さまの御子を身籠もりました。あの方のおっしやる通りにしないと駄目なんです！」

その言葉を聞いたとき、螢火が唐菓子を取り落とした。

忍の感想はといえば。

「すごいわねえ、義兄上さま」

純粋な称賛と羨望が洩れた。

これぞという貴族の邸の女房をつまみ食いして平時は台所事情など聞き出して、非常時にはこの通り。

——やってみたい。自分が男に生まれていたなら同じことをしていた。

どの家にどれくらい仕込んでいるのだろう。一人しかいないところも二、三人いるところもあるのだろうか。祐長は政治に身を入れていると聞く。

好みの相手を選んでいるのだろうが、実践するのは大変だ。嫌われないようこまめに機嫌を取らないと。大事な話を拾うにはどうでもいい話もたくさん聞かなければなるまい。

この家では彼は身内だが、よく思わない家はどうする。頑張って忍び込んでいるのか？

許されない秘めた恋だとか言って？

大将さまなんて雲の上のお方、若くて凜々しい貴公子に言い寄られたら役人の娘如きはさぞ舞い上がるのだろうが、何度も続くと食傷だろう。いやはや、ご苦労さま。

祐長は名だたる美姫《びき》や人妻には興味がないとか。受領の娘と、手っ取り早い女官や名家の女房、醜聞にはならないが目下の女ばかり喰い散らかすのだとあちらの北の方はよく愚痴っていた――

惚れた腫れたではなく閨房《けいぼう》で使えそうな手駒を作っているのだ。だからといって北の方が納得できるわけでもないのだろうが。

譲葉も召人としてあちらの邸にさしあげようかという話になったが、あえて通うのに風情があるとか邸に遊びに来るときの楽しみにしているとかで断られたのだった――使い道があるからそうしていたのだ。

祐高には絶対にできない真似だ。傍系の長男ならではの教育の賜物《たまもの》？

夫に迎えたいとは全く思わないが、一本筋が通ってそのために手段を選ばないのは、後先考えず自堕落《じだらく》に恋愛ごっこにうつつを抜かす衛門督朝宣などよりよほど好感が持てる。

本当なら忍が祐高にすら語っていないような内情を聞き出すための駒か。

忍と祐高の仲は不健全だ。男君は我が子の乳母や妻の側仕えの女房にも手をつけて妻が隠したがる裏事情を把握しておくべきなのに、忍を信じて家事を任せきりというのはお互いに危うい。深窓に隠れた世間知らずの女は男が考えもしないような失着をすることもある。下手をすると大将祐長の方がこの家の実状に詳しいかもしれない。

側仕えと関係を持つことで忠誠心を抱かせ、夫婦に尽くす気持ちにさせる効果もある。いつぞや衛門督朝宣にのぼせ上がった女房やこの譲葉など、祐高と出来ていれば危険なことにはなっていなかった。ちゃんと忍を敬っていただろう。

家の内向きは妻に任せるのではなく、夫婦の共同作業で管理監督すべきなのだ。男の色好みはただのふしだらな遊びではない。

一方、大将祐長は全力だ。忍と祐高の仲を裂こうと思ったら自分が譲葉の手引きで忍の寝所に夜這いをかけるだけでも済むのにそうはしない――弟に嫌われたくないのだ。

逆さにすると。

「こんなことをしても祐高さまに嫌われるとは思っていないのねえ、義兄上さま。損をするのはあなただけよ、譲葉」

「うるさい！」

――気がついたら挑発するようなことを口走っていた。「身籠もっているとお腹にばかり血が巡って不安よね、わかるわ。大丈夫よ。わたしも協力するし、思い詰めないで」とかなだめるつもりだったのに。

「え、えと、あたしにどうしろって」

螢火はといえば、忍以上に狼狽《ろうばい》しているようだった。

「忍さまを出家させるって……寺に連れてったって出家なんかしてくれるかどうか」

「出家したい気分にさせるのよ。姉だとでも言ってたちの悪い客を取らせればいいでしょう、野盗か何かの知り合いはいないの⁉　攫って難波まで連れていきなさいよ！　下司男の群れに放り込んで舌を嚙みたくなるような目に遭わせなさいよ！　自分で何か考えなさいよ、大将さまがおっしゃってるのよ！」

譲葉が喚いたが、螢火の方は顔がわなないている。言葉が出なくても思うことはわかる。「馬鹿なこと言うなよ、無茶苦茶だ」――

「牛車、牛車を仕度して！　牛飼童一人で動かせる程度の、小さいのを！　忍さまと螢火を乗せるの！」

がなる声を聞きながら、忍は給仕の女房たちの顔を見た。皆、呆然としてしまっているが――三人いたのが二人しかいない。

「螢火、立って。これを取ってなるべく遠くに投げて」

忍は螢火の肩を摑んで引っ張った――これ、というのは肩に羽織った唐衣だ。

「裳も外して。何ならわたしの方に押しつけて。人が来たら大声を上げるのよ、こう言うの――」

それで自分は袴に差していた短刀を引き抜いた――

ほどなくしてばたばたと普段聞かないはしたない足音が響いた。いなくなった一人が男の家人か武士を呼んできたのだ。

忍は螢火の背中に隠れるようにしてしがみつきつつ、彼女の胸許《むなもと》に抜き身の短刀をちらつかせる――

「やめて、射ないで、わたしに当たる！　こんな賤《しず》の女《め》の巻き添えで死にたくない！　わたしはこの邸の女主人よ！　別当祐高さまの妻よ、愛されているのよ！　三人も子がいるのよ！　死にたくない！　死にたくない！　誰も何もしないでお願い！」

螢火が忍の言った通りに大声を上げた。——少し悲愴感《ひそうかん》が足りないが、まあ聞き取れるのでよしとする。

「お願い、死にたくない、動かないで！」

「牛車を用意しなさい、あなたたち！　忍さまと螢火を乗せるの！」

ぎりぎり、螢火と譲葉の言葉が嚙み合った。

男たちがざわつく気配がしたが——気配だけだ。忍は失神寸前で必死に螢火にしがみついていた。下司に顔を見られていないから大丈夫、ここで気を失ったら死ぬ、と自分に言い聞かせて。

やっと生きた心地を取り戻したのは這うように螢火と二人、牛車に乗り込んだ後だ。

「よ、よかった……誰も死んでない……本当に？　わたしたち助かったのよね？」

牛車に乗り込み、御簾を下ろした途端に身体から力が抜けた。なのに右手だけ短刀を握る形に固まってしまって、離そうとしても指が動かなくて困った。手伝ってもらおうとしたが、螢火は前の簾の方で外の様子を見ていた。

「おっさんが困ってるよ。どこに行くんだって」

牛飼童は名前こそ童とついて子供のような格好をする決まりになっているだけで、年かさだったりする。

「邸を出て適当にその辺を流して、譲葉が落ち着いて取り押さえられるまでわたしたち姿を隠していた方が」

「なるほど」

螢火がそのように指示して牛車が動き出し、門を出る。ひときわ古い車で車輪の軋む音が大きい。

「あたし寺とか知らないし野盗の知り合いもいないしどうしようかと思った。譲葉、あいつ遊女を何だと思ってるんだ」

「誰も怪我なんかしなければいいけど。葛城も心配だし、譲葉も孕み女なんだし棒でぶたれて取り押さえられるのは気の毒だわ」

「あたしのときはあの怖い嫗にでかい銀の皿で頭やら顔やら殴られたよ、重たくて痛くてたまんなかった。うちのお師匠は絶対顔はぶたないのに容赦ないったら」

「孕み女のお腹を殴ったら大変だから、譲葉も頭を狙うのかしら。かわいそうに」

やっと落ち着いて螢火に手伝ってもらって短刀を手から外した。手が震えていた。

「これ、布を切りすぎて全然切れないのだけどね。あなたが何するかわかんないから見た目だけでも持ってなさいって桔梗が」

「いきなりおかしなことを言い出して、どうかしてると思ったよ」

「わたし、口は達者だけど大声が出ないからあなたに言ってもらうしかなかったの。唐衣や裳は女房装束で女主人は着けないものなのよ、あれがあると顔が似ていてもあなたが螢火でわたしが忍だってわかっちゃうの」

——実際のところ、太郎や姫も顔ではなく服装を見て忍を見分けたのだと思う。自己満足だった。

「お姫さまのくせに危ないことをするねえ」

「武士たちが駆け込んできて譲葉やあなたが矢で射られて針山にされたんじゃ寝覚めが悪いわ。葛城だってかわいそう」

「下女なんかに情をかけるんだねえ。……目の前で人が死ぬのは怖かった？　賤の女でも矢が刺さって死んだら邸が穢れる？　あたしの死に霊が子に祟ったら困る？」

「それもないではないけど」

御簾の向こうから夜風が冷たく差し込むのを感じた。

「譲葉が身籠もってると言ったとき、あなた傷ついた顔をしたから。憐《あわ》れみをかけたわ」

——自分と同じ顔をした女、同じものを食べさせて詩歌や典籍《てんせき》の読み方を教えたら考え方も自分と同じになるかと思ったが、そうではないのだと悟った。

そのうち祐高を好きになってくれると思っていたがそんなことはないとわかった。

人の心を操るなんて無理だった。

祐高が怒るより桔梗が説教するよりあの顔を見た方がずっと応《こた》えた。自分なのに自分は絶対しない顔。

それとも今の忍はあんな顔をしているだろうか。

忍は無性に寂しかったが、螢火も寂しそうだった。

「あたしが馬鹿だったんだ。大将さまみたいないい男に女がいないはずないいんだ」

「……難波ではあれはいい男なの？」

「そりゃあいいよ。若くてござっぱりしていい匂いがして男ぶりがよくて。何より優しい。出家したくなるっていうのはわからないけどひどい客は多いんだ。花代払えば何してもいいと思ってる。優しいのは薫大将さまだけだった」

彼女が長く喋ったのは初めてだった。忍は祐長の立ち回りには感心するが優しさなんてついぞ感じないというのに。

「薫大将さまっていうのはねぇ、若さまがぽろっと言っちまったんだねぇ、大将さまって。かわいいんだけど遊び慣れない鈍くさい若さま。お伴の安倍が、そんな呼び方しちゃ駄目だって慌てて。そりゃそうだよねぇ本当に大将さまとか。難波にはせいぜい受領までしか来ちゃいけないのに」

〝若さま〟と〝お伴の安倍〟で忍は噴き出しそうになった。こんなところで知っている人の違う話を聞くのは面白すぎた。

「でもあの方、怒ったりしないで〝そうだ薫大将さまだ、皆わたしの浮舟だ〟って。意味はわからなかったけど笑うから。大将さまのは海の船でよそのより大きくて、遊女も十人もいて。楽しかったよ。大将さま、馬鹿みたいな格好をなさるからあたし、大声で笑っちまって。大将さまも笑って。〝惚れられてしまった〟って」

そして柔らかな声で語られると大将祐長の姿も違って聞こえて、違って見えた。

祐高の語る大将祐長の話も随分立派に聞こえたものだ。あちらの北の方が話すのとも、譲葉と親しい女房がささやくのとも違って。〝彼がそうあってほしいと願う兄の姿〟なのだとは祐高にはついぞ言えなかったが――

「貴族は女が笑うと怒るんだ。あんたの夫君も怒ったよ。いくら顔が似てたってあたしの薫大将さまじゃない」

「……祐高さまもそんな堅苦しいばかりの人でもないのよ。あなたのこと、あまり知らなくて慣れていないだけ」

「わかっちゃいるよ、悪いやつじゃないんだろう。悪いのは全部あたし。大将さまがあんまりお優しいからつい言っちまったんだ、〝こう見えて大納言家の血を引く姫だ〟って。自分でも本当か嘘かもわからないけど、気を引きたくて。そうしたら大将さまは目の色を変えて〝それは弟の妻に丁度いい〟って。あたしはお邸に連れていってもらえることになったけど、大将さまはもう二度とあたしに笑いかけてくれなくなった」

蛍火は涙で声を詰まらせた。

「衛門督さまがいいことを言ってたよ。不実の恋だけが純粋、結婚してほしいとか子を産んでほしいとか尽くしたんだから報いてほしいとか、〝実〟があって得があるような恋は不純なんだってさ。ときめきがないって」

「あの人の言うことは不倫の言いわけよ」

「でもわかるよ。あたし大将さまの役に立ちたかった、そうすれば長くそばに置いてもらえると思った。〝実〟ができちまった。そうなったらときめきなんかないのに。一晩でもかわいい女と思ってもらえりゃ十分だったのに。馬鹿な螢火、客に本気になっちまって。今こんなことになってるのは罰《ばち》が当たったんだよ」

「そんなことを言い出したらわたしは〝実〟ばかりの不純の女だわ。いえ、不実でもある。夫の心を試したのは本気だったもの。あの人があなたを選ぶならそれはそれで正しいと思ったんだもの」

　忍の目からもはらりと涙がこぼれた。

「悪いのは全部わたし」


　螢火が若菜に手を上げて桔梗に取り押さえられ、塗籠に放り込まれている間。

　忍はすぐに、衣桁《いこう》にかかった自分の衣を確かめた。おかしな女に盗まれていないか自ら検めるという名目で。表着《うわぎ》、小袿《こうちぎ》、細長《ほそなが》。

「わたしがいない間、彼女が着ていたのはどれ？」

　それで、見慣れない表着と小袿が増えているのに気づいた。——螢火が入り込んだ日に着ていたものだ。みすぼらしいものではなく紋を織り込んだ艶のある練り絹で縫い目も綺麗だ。

若菜に手を上げたときに難波の遊女の話を思い出した――

しかし天文博士安倍泰躬だけではこれほどの女衣を用意することはできない。彼の持つ上等な女の衣は、大体忍があげたものなので見憶えがある。少将純直は忍の知らない女の衣を用意することができるが――考えながら、忍は鼻を埋めて表着の匂いを嗅いだ。

嗅ぎ慣れた荷葉《かよう》が香った。

体臭をごまかすのに貴族は衣に練り香を焚きしめるが、各家の女房が香料を砕いて練って作るので同じものでも上手下手や慣れがある。儀式や祭りのある晴れの日用には〝某宮家秘伝の荷葉〟や〝某朝臣秘伝の黒方《くろほう》〟などの特別な調合を使うが、普段使いには各家の癖が出る。

勿論、祐高や忍、子ら、主人一家は練り香のよくできた部分を使い、女房や従者は半端なところを使ったりするが、ものすごく匂いが違うということはない。

最近この邸に住み始めた桜花は自分流で香を練っていて、西の対だけは違う匂いが満ちている。純直は新婚ということでここしばらく香も衣も彼女の選ぶのに任せている。夫に何を着せるか腐心するのも妻の権利で楽しみというものだった。

外から来た螢火はどちらとも違う家の匂いがするはずだった。忍は螢火の衣に、普段嗅ぎ慣れない匂いを探した――

鼻が痛くなるほど嗅いだが全く同じとしか思えなかった。

いくら似ていても忍本人をごまかすことはできない。忍にくっついている桔梗も同じ。女房たちが気づいたら「新参の方です、事情があるのです」と言葉で欺けば済むこと。

練り香をくすねてまで螢火を忍に似せる目的は。

暗い寝所で祐高を欺くため、それしかない。目に見えないことが多く言いわけなどできない場所。

少将純直はそんなことをしない、桜花の香や実家の香を避けて忍の普段使いの香をこっそり手に入れるなんて——衛門督朝宣に味方する女房は桔梗が親戚の家に追いやった。

ならば祐高の寝所に他の女を入れようと考える者は一人——

大将祐長は弟を政略結婚させるあてができて宗旨《しゅうし》替《が》えさせようとしたのかもしれないし、単に妻以外の女を知らないのは男として不憫だから教育してやろうとお節介を焼いたのかもしれないし。悪い遊びを教えるのも男きょうだいの義務なのだろう。

なるほど、忍がいない間に凄まじいことになっていたわけだ。

なぜだか忍がいないとき、祐高もこの邸にいなかったのだが。

夫婦が馬鹿なことをして二人揃って邸を留守にするのを知っていたのは一人、京の貴族を意のままに操る親切でどこか鼻持ちならない陰陽師——

「あの、忍さま、実はあの螢火さんは陰陽師殿の策でこちらに来て、少し困ったことになって——」

衣を検めている忍のもとに葛城が自分から何もかも語りに来たときには、忍は大体察していた。

「あなたって譲葉と組んで何かしでかした？」

祐長が純直から奪ったのなら、自分は更にそれを奪う。いや。

上前をはねる。

祐長は妾を持たせて忍から祐高を奪うつもりだったのだろうが、妾も祐高も自分のものだ――


忍は衣の袖で涙を拭い、洟《はな》をすすった。夜半に車の中で女たちがしくしく泣いているのを牛飼童はどう思っているかと考えた。

「慰めになるかわからないけど、螢火。実はわたしたちより悲しい恋をしている人がいるわよ」

「何、それ」

少しくらい明るい話をしようと思った。

「あなたの世話を焼いていた葛城、彼女は天文博士――〝お伴の安倍〟にぞっこんなのに、大人をからかうなとか言って手も触れてもらえないの」

「ああ、あいつ年かさだけどやせてるしああいうの好きな女はいる」

「それが葛城が安倍に惚れたのは――あの人が座ったまま寝ていたからだと言うのよ！」

これは他人の恋愛にあまり興味がない忍がここ最近一番面白いと思った話だ。螢火は驚いたらしく嗚咽を止めた。

「ある日、祐高さまが安倍に用事を言いつけて帰っていいとなった後、馬の仕度ができたのに安倍が円座に座ったまま動かなくて。脇息もないのに背を伸ばして座していたそうよ。葛城が近づいてそうっと見たら熟睡していて。偶然、葛城の膝に倒れ込んできたって。すぐに起きて謝って帰っていったけどずっと気になって仕方がないんですって」

「……わざとじゃないのかい？」

「女の気を引くのに座って寝たふりして待ってる男も面白いわよ。男が声をかけてきたらどうするのよ。自分から声をかけた方が早いじゃないの」

「まあそうだけど」

「以来、陰陽師は一人前になるのにどんな修業をするのか、天文博士って夜空の星を見て占いをするから夜ろくに眠れてないんじゃないか、寝てない人は食べるものも食べてないんじゃないか、だからやせてるんじゃないか、葛城はそれはそれは全てが心配で。自分の局で夕餉を食べて寝てくれれば安心できるのに〝今の妻を愛している〟とか言って拒まれるんですって。仕方がないから葛城は安倍が来るたびもてなす役を他の女房に代わってもらって、役人如きには出さない上等な干し柿をこっそり出しているのよ。尽くす女なのよ。傑作だわ」

「いるねえ、惚れた男に飯を食わせたがる女。……若い男は助平な馬鹿にしか見えないって年上の静かな男にふらふらいっちまった口かと思ってたよ」

「陰陽師は童子に手伝いをさせるものだけど、安倍の連れているのは三男と四男で葛城はその子らにも菓子をふるまって。〝将を射んと欲すればまず馬〟よ」

「長男と次男は？」

「もう元服して童子じゃない上、父親に盾突くらしいわ。兄が父親を嫌っているのを見ると弟たちはかえって素直に言うことを聞くんですって。後々のために憶えておかなきゃ」

瑠璃宝寺の近くで牛車を指さしたのは、密かに後を尾けていた泰躬の四男らしい。十一歳の夕星丸《ゆうづつまる》。三男で十三歳の明星丸《あけぼしまる》が夜警の者どもに声をかけるつもりが、急に人殺しが現れて錦部が走り出してしまってそうなったとか。

泰躬本人は瑠璃宝寺の門の陰で様子をうかがっていてあばら屋で風邪を引いたとか大嘘だったが、血まみれの殺人犯を見てしまって半泣きの三男と四男、二人を連れて騒ぎに巻き込まれないように帰るのはなかなか苦労だったそうだ。「そんなことまでわたしに喋るの？」と葛城に尋ねたら、「忍さまは謀られていたと知ると気を悪くするでしょうから格好の悪い裏事情までお教えして溜飲を下げていただく」と。

「その安倍にうちで密かにあなたの世話をしろと言われてどんな関係なのか嫉妬で悶《もだ》え苦しんだけど、あなたが毎回綺麗にご飯を平らげるのを見ていたら何だかそんな気も失せて、情が湧いてきたんですって」

——忍出奔の策が潰れても、螢火をすぐに大将祐長のもとに返すと他のたくらみに使われてしまう。祐高に女のよさをわからせるには本人を呼び出して細工する方が手っ取り早いのだから。

なので泰躬は忍がどうなったのか譲葉に知れないようごまかして、長く螢火を北の対の忍の御帳台に引き留めるよう葛城に指示していた。

なら、螢火はいつどうやって別当邸を出ていくか。

桔梗に見つかって笞打たれて放り出されるに任せる、これが最善だった。顔に傷でも残ったらもう利用しようがなくなる。

それは惨いと言い出したのが葛城だったそうだ。

「あなたが難波に帰るにしても穏便なやり方はないのか、うちの女房見習い辺りになれないか、最初、純直さまが考えたように衛門督朝宣の愛人になって食べるに困らない暮らしはできないのか、あなたのこと思いやっていたのは葛城だけだったのよ」

思えば失敗して痛い目を見るのは螢火ばかり。この無邪気な女は大将祐長に言いくるめられてのこのこやって来ただけなのだろうに、と葛城は思い至ったと。

常陸介の紹介状は彼女の偽造だったとか。――よりによってその気遣いを台なしにしたのは当の螢火だったのだが。

これで穏便の線が消えたと思ったら、なぜだか忍が螢火を庇い始める。桔梗と対立して北の対の雰囲気を最悪にしてまで。

今日、祐高が衛門督朝宣と螢火を会わせて長話をして、葛城はやっと解決したと思っただろうに。傍若無人な朝宣が横から出てきて奪っていったのなら譲葉が祐長に責められるいわれもない——なのに螢火はあちらに行かずに帰ってきてしまって。

葛城は忍が戻って以来、全部が彼女の思惑から外れて生きた心地がしなかったろう。誰も傷ついてほしくない、皆が幸せになれるよう、彼女なりによかれと思ってやっていたのに。親の心子知らずと言うか。誰一人、親でも子でもないが。

螢火本人はきょとんとしていた。

「忍さまは?」

「わたしはあなたに夢を見ていただけ、童女の夢……」

——今となっては苦いばかりだ。賢く立ち回って大将祐長や天文博士の上を行く。螢火も祐高も自分のもの。

結果はご覧の通り。皆に見捨てられて女二人、道端ですすり泣いて。無様なものだ。

「わからないね、忍さま。あんた夫君が大好きで子もかわいくて、なぜわざわざ別れたがるんだい」

「螢火は譲葉の懐妊は羨ましい?」

「羨ましいよ。決まってる」

即座に答えられる彼女もまた、忍には羨ましくてまぶしかった。

「やや子が女なら次の螢火にして舞いと謡いを教えて、男なら、難波で水夫《かこ》でもやってもらうかな。遊女は皆そうだよ。娘に技を伝えるんだ。大将さまの子でも大納言さまの子でも関係ない……」

「いいわねえ、夢があって取り柄があるって」

何だかだるい。自分はまだ二十四のはずなのにひどく疲れていた。

「わたし、次に子を授かってももうあの人、喜んでくれないの。怖がるばかり」

恋も愛も彼に教わったはずなのに、忍の世界は狭くなっていく一方だ。

得た愛の分だけ叶わない夢が増えていく。

「義兄上さまが譲葉に冷たいのとは違う。わたしを愛しているから、わたしが産で死んだら耐えられないから。そのうち怖がるのも面倒になってわたしを避けるのよ。あの人、嫌なことからはすぐに逃げてしまうから。愛から始まったなんて忘れてしまうの。いっそ他の女に目移りした方がよほどましだわ。——二郎を産んだときに死んでしまえばよかった。愛されてると思い込めていた頃に。綺麗なまま仙人になって蓬萊《ほうらい》や熊野で立派になったあの人を待っていたかった。一番幸せな思い出だけ嚙み締めて。月もいいわね、月の都には仙女がいるの。知ってる?」

「陰気な女だね」

螢火は同情すらしてくれなかった。

「男が何考えようが知ったことかよ、贅沢者《ぜいたくもの》。もう二、三人産めばいいじゃないか、若いんだから——」

そのときがくんと牛車が揺れて止まった。忍に聞こえたのは牛が洟をすする音と遠ざかっていく足音。

螢火が前の簾をめくって、慌てた。

「ちょ、忍さま、おっさんがいない」

「えっ」

忍も頭から血の気が引いた。——考えたことがなかった。牛飼童が消えるとか。

「逃げちまった」

「や、邸に様子を見に戻ったんじゃないの」

「そんな親切なことあるかよ。この牛、どうやったら動くんだよ」

「牛飼童でなければ動かないわよ。普通、もっとたくさんお伴がいて一人だけ逃げちゃうなんてことはないのよ——」

言いながら、自分も心臓がざわめき始めた。夜中に女二人で牛車の中に置き去りに？　女房がそんな馬鹿なことがあっていいのか？　ああ、始めから馬鹿なことばかりだった。女房が人質に取られて邸を飛び出すとか。

「ど、どうするんだよ」

「どうにもならないわよ。……牛飼童だけで邸まで戻って、仲間を連れてきてくれるのよ、きっと……」

「何も言わずに、信用なるかよ」

吐き捨てて螢火はごそごそ忍を跨《また》いで、今度は後ろの御簾をめくった。外は真っ暗だ。

いや月光が射しているからまるで見えないわけではないが、木が茂っているくらいで洛中なのかどうかも。

「これ、まっすぐ戻ったらお邸なのか?」

「曲がってないから、そうね」

「じゃ降りて邸まで歩こう。そんなに離れてないだろ」

「降りる⁉」

螢火は何を言っているのか。

牛車を降りるにはまず几帳を持った女房に周りを囲んでもらって――それも歌枕に詠まれた風光明媚《ふうこうめいび》な湖のほとりなどを眺めるために降りるのであって、女がこんな都大路なんかで――そもそも後ろからは降りない――

「ぎ、牛車を降りたら衣が汚れてしまうわ」

「ああ、これもお高いんだっけ。じゃあ上着を脱げるだけ脱いで裾《すそ》をまくろう」

「女が裾をまくったりしていいわけないじゃないの⁉」

「いいよあたしは。忍さま、ここで待っていなよ。あたしひとっ走りして邸から人を呼んできてやるよ。走るのは速いんだ」

「ちょ、あなたこんなところにわたしを一人置き去りにするの⁉」

「大丈夫だよ逃げたりなんかしないから」

「あなたうちの邸に戻ったら門番に弓矢で針山にされるわよ⁉」

「あ、そうか。え、でもどうするんだよ」

「だから牛飼童が戻ってくるのを待ちましょうよ」

「戻ってくるなんて約束してないじゃないか。弱ったな」

弱ったな、ではない。

野犬の遠吠えが聞こえる——京の野犬は怖いとよく祐高が言っていた。躾けた番犬と全然違う。

飢えて凶暴で子供など咬《か》み殺《ころ》してしまうし、化野や鳥辺野で屍肉《しにく》を喰らって穢れを帯びている。火葬をしない下々の民草は死んだら犬の餌になるのだ。そんな犬にはちょっと咬まれただけでも、病みついて死んでしまうことがあるとか。野犬狩りも検非違使庁の大事なお勤めなのだと。

夏が近かったが、考えた途端に身体が震え出した。

御簾の向こうから闇と寒気が染み込んでくるようだ。古い畳の隙間からも。

人喰《ひとく》いの獣からすればやはり若くて肉のついた女が美味なのだろうが——子に乳を飲ませている忍は、乳臭くて螢火よりおいしそうな匂いがするのでは?

忍の方が喰らうところも多い——

「忍さま、しがみつかないでくれよ。——門番があたしらの顔を知らない方に賭けてみないかい?」

「駄目、嫌、一人にしないで」

「泣いたって仕方ないだろ。早く死んで蓬莱や熊野に行きたいとか言ってなかったか？」

「犬に食べられたら蓬莱に行けない！」

「喰われないよ。何で犬？　喰われるくらいなら裾まくって走ればいいじゃないか。すぐに帰ってくるからさ」

「助けて祐高さま！」

「来やしないよそんなの」

＊＊＊

錦部国俊は身分のわりには弁えた男なので小便をしたくなってもそのままは言わない。

「歌を思いつきそうだ。一首ひねるので先に行ってくれ」

夜警の最中でもこのように言って列を離れる。

弁えた男なので人の家の前ではしない。わざわざ道を逸れて何もなさそうなところを選ぶ。貴族の邸の築地塀《ついじべい》の長いのを通りすぎるのは大変だ。

何もない場所は人気もなくて怖い。和歌を思いついたときは口ずさむ。思いつかないときは漢詩などを唱える。何でもいい。野犬を追い払う意図もあるので威勢よく。

「〝温泉　水滑らかにして凝脂《ぎょうし》を洗う　侍児《じじ》　扶《たす》け起こすも嬌《きょう》として力無し〟――」

〝凝《こご》った脂の塊のように白い肌を温泉の水が滑らかに洗う〟〝なよなよと非力で侍女に支

えられる〟——美女の表現だがよくわからない。なよなよと非力な女など見たことがない。妻も妹も百足《むかで》など見かけると鍋の蓋《ふた》で叩く。遊女も舟から脚を見せるようなのだ。衛門督朝宣の情人は、それはもうたおやかで情け深い美女ばかりだという。恐ろしいことがあっても「あれ」と小さな声だけ上げて気絶してしまう——羨ましいような、そうでもないような。側仕えの女房ですら錦部には手の届かない高嶺の花だ。

その朝宣卿が望んで得られないのが別当祐高卿の令室。手に入らないところがいいのだとか。

きっと大層な美女なのだろう。錦部自身は顔を見てみたいとも思うし、見ない方が美文で褒め称えられそうでもある。夢のようなものが現実にいるというだけでありがたい。凝った脂のような白というのは肉食の穢れを連想させる。本邦の忍の上においてはもっと清らかな白の方がいいか。それとも男を狂わせるのだから多少なりと悪徳の匂いがした方がいいか——

考えながら用を済ませていると、奇妙な声がする。この季節にも猫の盛りはあるのか、赤ん坊が泣いているのか——わざわざ家のない方に来たのに？

よくよく聞くと、呂律《ろれつ》が回らず聞き取れないだけで人の言葉のような。

——女がすすり泣いている？

ちらりと見ると葉桜の下に、網代車《あじろぐるま》があるようだが——灯りがない。誰も松明を持っていない。牛が尾を振っているのに従者が一人もついていない。

こんな夜半に女が牛車に？　お伴も連れず？

「ちょっと、誰かいるのかい。助けてくれよ、お礼をするから」

と、泣き声はそのままに別の女の声がはっきりと喋った。

「凜々しい男君、検非違使を呼んでおくれ。天鈿女《あめのうずめ》の踊りを見せてやるからさ。天津少女ってやつだよ。寿命が延びるよ」

錦部もよく知る川辺の娼《しょう》のようだ。

暗がりから甘ったるく誘う——誰かすすり泣いているのにおかまいなしに。

「久米《くめ》の仙人を只人《ただびと》に落とした白い脛《はぎ》を見たくはないかい？　逆に悟りを開いたお坊さまもいる。仙人も天の神さまも、御仏だって思いのままさ。桃源郷、竜宮城、極楽浄土、行きたいところを選びな」

こんな夜半に牛車で誘いをかけてくる遊女などいるはずがない。

朝宣卿は夜歩きの折にたびたび女の物の怪に出会ったという——見知った女のようだったという。

振り払おうと錦部は大声で悲鳴を上げていた。

「物の怪、物の怪だ！」

耳を塞いで走り出した。——久米の仙人が女の色香に迷って神通力《じんずうりき》を失ったなら、元から凡人の自分如きは魂を取られる。

検非違使をやっていると何で死んだかよくわからない亡骸をしばしば見かける。若くて身体に傷一つなく今朝まで健康だったのに——物の怪に魂を抜かれた、以外に説明がつかない。

こんなときは寺、寺だ——気づいたら瑠璃宝寺に向かっていた。尼寺は男は助けてくれない？　御仏はそんな薄情なことを言うまい。

無我夢中で走って——

寺の灯りを見てほっとした、助かったと思ったが——

そこにも異様な光景があった。

光は御仏に供える灯明《とうみょう》ではなく大きな篝火《かがりび》だ。寺の門前に二つも灯《とも》ってぱちぱち火の粉が散って、まるで行幸《みゆき》の警護だ。煮炊きでもないのにこんなに盛大に火を燃やしていると勿体なくて何ごとかと思う。錦部は夜警の松明もいちいち数えて使っている。まさか本当に帝や上皇がいらっしゃるわけでもあるまいに。

見慣れた直垂《ひたたれ》に胴丸《どうまる》、折烏帽子《おりえぼし》の武人が何人も棒や弓や松明を持ってうろうろして——藍摺紋《あいずりもん》を着た放免もいる。見知った顔も。

検非違使庁の者がめいっぱい腕を伸ばして陣幕を張り巡らして何かの仕度をしていた。十人？　二十人？　騎馬の者もいる。

錦部の見ている前で三つ目の篝火に火が点された。その明るさといったらもはや日輪を呼び戻す勢いだ。

「何奴《なにやつ》だ！」

叱咤したのは暗闇に紛れるような濃い藍の狩衣を着た小男だった。――使庁で随一の武辺者の平少尉《へいしょうじょう》。声だけで背筋が伸びる。

「何だ錦部か」

「は、錦部大志であります」

恐怖も忘れて錦部は爪先《つまさき》まで固くなった。平少尉の怖いのは物の怪とは全然違う。小柄でも目つきが険しい。これで盗賊団を精兵《せいびょう》で押し包んで射殺《いころ》し、腕ずくで京の平安を守る男だ。下官を怒鳴りもする。一気に正気に戻った。

「何ごとでありましょう、賊でも出たのですか」

「知らんで来たのか。別当さまのご令室が拐《かどわ》かされておしまいになった」

「何ですって」

「虱潰《しらみつぶ》しに捜せとおっしゃるが何から手をつけていいやら。二条、三条と大路を一つずつ当たるのか？　使庁の官とうちの家人だけでは人手が足りんぞ。お前の伴は何人いる？」

声が低くて機嫌が悪そうなのは寝ているところを叩き起こされたのだろうか。宿直でない官人は女の家にしけ込んでいて召集に気づかない、ということもある刻限だった。

「うちは小官を合わせて五名ですが――拐かしとは賊ですか。別当さまのお邸に押し入ったのですか。犯人の名は知れているのですか、何人くらいの」

「それが上臈女房に化けた遊女らしい。密かに入り込んでご令室に取り入って脅し、二人で牛車に乗って出奔したとか」

「……女二人？」

「ここに来るやもしれんと陣を張っている最中だが、こんなに騒いでは逆効果ではないか。夜半に女二人で遠くには行けん。行くあてがあるなら既にそこに転がり込んでおる。車宿があるような貴族の邸宅を〝怪しい〟だけで無理に暴くなどできんぞ」

「……上臈女房に化けた遊女？」

「その話も聞けば聞くほど物の怪のようでわけがわからん。別当さまは動転しておられる、たったお一人の御妻女で御子も小さいとはいえ。お気持ちはわかるが薬湯でも飲んで落ち着いていただきたい」

どうやら平少尉は全くの世迷い言だと思っているようだった。

だが、なぜか錦部には心当たりがあった――

「もしや小官はそれに出会ったような……」

物の怪ではなく人攫《ひとさら》い？

人攫いの遊女が牛車で男を誘って？

何のことやら。和歌の上の句と下の句を出鱈目《でたらめ》に組み合わせる言葉遊びか？

洛中にそんなことが二つも三つもあるわけがない。

すぐに、一層とんでもない騒ぎになった。

「牛車を見たと申したか！」

別当祐高卿その人が、人垣の奥から白馬《あおうま》に跨がったままお出ましになった——

ご本人だったのにも驚いたが、公卿の皆さまはいつでも立派な直衣をお召しでいらっしゃるものだ。なのにそのときの祐高卿は見慣れない真っ赤な衣で、これは何かもう一枚、上に着るのをお忘れなのではないかと思った。白馬はじゃらじゃらと黄金の馬具を着けて華やかな様子だっただけに違和感が。

「どこだ！」

「ええと、確か烏丸《からすま》小路の——」

「案内《あない》せよ！」

案内せよと言いながら祐高卿はいきなり白馬の腹を蹴り、轡《くつわ》を持つ口取りの従者を振り払うように烏丸小路に向けて駆け出した。他に松明を持つ騎馬の者が追いかけようとしたが容赦なく置き去りにされる。月明かりがあるとはいえためらいがない。

「……烏丸小路のどこか、お聞きにならんでよろしいのか？」

いいわけがない。錦部も追うことになった。松明の光を追いかけて必死で走った——

全力の馬、それも公卿さまの駿《しゅん》馬《め》に人間の足で追いつくのかと不安だったが、あっさり追いついた。走り出しが軽快だっただけで白馬が息を切らしたらしい。祐高卿は大柄な方で仔馬《こうま》をいじめているみたいに見えた。金の馬具も重すぎるのかも。騎馬の兵たちは追い越さないよう少し後ろを追っていた。

しかし前のめりだが思ったよりずっと姿勢はよく、祐高卿は馬術が達者でいらっしゃるらしい。てっきり公卿さまは口取りに手綱を任せて立派な鞍《くら》に跨がっているだけなのかと。颯爽《さっそう》と馬上で弓矢をかまえて騎射《うまゆみ》などなさるのかもしれなかった。

どうにか白馬がへたばる前にあの葉桜の下の牛車のところにたどり着いたが——上臈女房と思《おぼ》しき女が後ろの御簾を巻き上げて立っていた。歓迎するように祐高卿に袖を振ってみせる。

「忍さま！」

祐高卿は馬をお降りになるかと思いきや——

鐙《あぶみ》に片足をかけたままひらりと鞍を跨いで、いきなり牛車に後ろから飛び込んだ。大変無茶をなさった。

何せ上背があるので烏帽子が屋形の上の格子にぶつかる。どこに手をかけるつもりだったのか御簾を縦に半分引き千切り、糸で綴《つづ》られた竹ひごが真っ二つになってばらばら地面に落ちる。横の女が驚いて身をすくめる。蹴られてよろめいた白馬まで主人の醜態に呆れているような。

ひどいありさまだったがともかくご本人は中の畳に這いつくばって、思い出したように沓を脱いでぽいぽい後ろに放り投げ、奥に這い進んでいかれた。

「忍さま、忍さまご無事か、ああ、よかった」

男と女、二人むせび泣く声がする頃には、錦部は目を伏せていた。ついて来た者も皆そうしたと思う。貴女の姿を見るわけにいかないし感動の再会に水を差すのは無粋であるし

——烏帽子のずれたのを見ては失礼だ。

竹ひごの上に漆塗りの沓が逆さに落ちているのは格好の悪いことばかりで締まらないが、玉の簪《かんざし》が泥にまみれるよりは遥かにいいことだったのだろう。

「めでたしめでたし、と」

すれた女がやる気なさげに手を叩いていた。この女は捕らえるべきなのだろうか。命令もなく、何だか全然そんな雰囲気ではないが。

「理屈が多いんだよ。面倒くさい女だ、全く」

9

「おれは仮にも帝室の血を引く高級貴族だというのに女囚をつなぐ獄の獄卒扱いとは何ごとだ？」

衛門督朝宣は憮然《ぶぜん》としていた。

祐高がやって来たのは早朝のこと。「この女に妻を盗まれそうになった。何でもいいから我が家に近づけないようにしてくれ。飽きたら難波に返す、でいい。じゃあ」と無理矢理に螢火を置いていった。

「男の罪人は流刑やら笞打ちやらを科すのだろうに、女はおれに預ければ何とかなると思っているのは検非違使の別当としていかがなものか」

しかし女囚をつなぐ獄という言葉に甘い響きがあるのは否定できない。しかも衣や調度などつまらないものを盗もうとしたのではなく、妻。

女が女を盗むとは尋常でない。遊女と公卿の妻。具体的に何をしていたのか本人から聞き出すだけで心躍る。

更にこの螢火は、大将祐長卿に想いを寄せていて彼のためなら刃《やいば》を振るうことも辞さない情熱の女であることが発覚したと。──悔しいが、興趣をそそられる。相手にとって不足なし。

昨夜、この先は一人で片づけると祐高に固持されて彼の邸を後にした。他人の前で兄弟喧嘩はしづらいだろう。あの二人は一回くらい正面から対決しなければ。

それでとある未亡人の邸にしけ込んだ。

──結果、騒動の一番楽しいところに参加し損ねた。

夜半の検非違使庁を挙げての大騒ぎ、武官が声を上げて大路を走り回っていたのに「外に出るのは危ない」と女がすがりついて離してくれなかった。色男はつらい。ここで取り戻さなければ。

ただ肝心の螢火が。

「飯はまだか気障野郎。女を飢えさせるのが色男か」

見た目麗しい衣装を着せても口を開けばこれだ。先が思いやられる。

「その口の利き方はどうにかならんのか。大将さまにもそんな風に話していたのか」

「大将さまは格好つけのあんたと違ってさっさとあたしの食べたいもの出してくれたよ。あたし鯛が食べたい。尾頭つき」

「下品な女！　おれはもっと文学的な世界で生きたい。語らずとも察するのが理想だ。今日食う飯の話とかこの世で一番くだらない！」

「あたしは大事だと思うけどねぇ。嫌なら追い出せば？」

一日で追い出したのでは色男の名折れだ。大将祐長にぞっこんの女を宗旨替えさせるという人生の目標ができたのにすぐに投げ出したのでは男がすたる。

女が思い通りにならないなど負け犬の言うことだ。衛門督朝宣はたやすく手折れる女と恋愛ごっこをしているばかりだと指さされるわけにいかない。

「舞いでもするかい？　忍さまの前では披露しなかった天鈿女の踊りだよ」

彼の思いなどつゆ知らず。螢火は女房装束をばさばさ脱いで単衣と袴だけになって、板《いた》敷《じき》の床にべたんと伏した。身体が軟らかくて手足が予想外の方向に曲がる。肉づきは悪いがなかなか取り柄がある女らしい。夕凪御前の芸とも全然違うようだ。

「お邸にいる間になまっちまった。修業のやり直しだ。うちじゃお師匠が謡ってあたしが舞うからあたし一人じゃいまいちなんだけどね」

「舞いを十全のものとして楽しむには師匠もここに招き寄せねばならないと？　うちを遊女だらけにしたいわけではないぞ」

他の遊女、夕凪御前などの謡いで舞えないのかと朝宣が考えていると、寝転がって身体を伸ばしていた螢火がぽつり、つぶやいた。

「前に、螢火の恋はいつか終わると言った？　今のあたし、死んで腐ったただの虫？」

「死んでいるなら食事などいらんな。すぐ死ぬ虫とは違うのではなかったか」

「真面目に考えてよ。あたしってまだ光ってる？」

「さて、おれは約束を守らない男だ。お前の火が消えていても永遠に愛してやると言うのはたやすいがお前は信じるのか」

「――言葉の軽い気障野郎の言うことなんか」

「それでも信じたらおれの勝ちだな」

「勝ち負けだったのかい」

「そうだ。知らなかったのか」

――すれっからしの難波の遊女に恋を教える難所を前に、けちくさいことを言うのも雅ではない。

難波と難所で掛詞《かけことば》にできそうだ。難波なら縁語は澪標《みおつくし》、櫂《かい》、舟、艫綱《ともづな》。恋に破れて川と海のあわいから来た女。

実態はどうあれ詩情がある。彼女を飾る言葉はいくらでも思いつく。

文学がある。

「夏の短夜《みじかよ》にお前がかそけく光るのを世間の皆が知っている必要などないのだ」

＊＊＊

祐高が天文博士と再会したのは思いがけない場所だった。瑠璃宝寺だ。

寺の門前に検非違使を集めて騒いだので詫びに来た。寺に押し入ったわけではないが夜半に大層迷惑だったろうと。後日、仏像や法具など寄進すると約束した。

さあ牛車で帰ろうと車宿に向かっていたら見送る尼たちの間に、いた。墨染めの中に一人だけ狩衣。もう少しで素通りするところだった。

「……こんなところで何を？　尼を口説いて？」

「罰当たりな人間ですがそんなことはしません」

帰るところだったのに改めて簀子縁で話すことになった。拗ねていると思われたくなかった。

元々この寺は貴族の邸だったそうだが、仕立てのよい庭は紫陽花《あじさい》が咲き始めていた。この花は祐高が知っているものより青かった。

泰躬は左手に寺の名と同じ瑠璃の数珠を巻いていた。高位の貴族でもなかなか持っていない名品だ。陰陽師が数珠とは。

「こちらとは浅からぬ因縁がございまして。尼御前《あまごぜ》さま……庵主さまには大変お世話になっており、親のように敬い慕っております」

庵主から授かったのだろうか。

そうか、泰躬の歳からしたら母親くらいなのか。庵主は墨染めに黄色の袈裟《けさ》をかけ、尼なのに頭をつるつるに剃《そ》って皺はあっても傷一つない頭皮を見せつけ凄味《すごみ》を漂わせていた。信心のためには男の僧と同じ修行をした方がいいらしい。

泰躬は神妙に頭を下げたが、神妙にしていても顔が笑っているので傲岸《ごうがん》にも思える。

「昨夜のことをうかがいました。わたしの不徳でお方さまを危険に晒すことになり、何とお詫びすればよいか」

「別にそなたに詫びてもらうことはない」

――やはり口に出すと拗ねているようだ。

「第一、そなたが何を詫びると言うのだ」

「おかしな女をお邸に入り込ませる手伝いをしました」

「なるほど、そのようになるのか。立場によって見える景色は違うものだ」

厭味《いやみ》を言ったつもりはなかったが、泰躬は肩をすくめた。

「差し出がましいことをいたしました」

「こちらこそそなたの気遣いを台なしにした。――そなたの力がなければ忍さまはどうなっていたかわからない、感謝はしているのだ。わたしの器が小さくて何だか素直に礼を言う気分でないだけで。少し駄々をこねたい。もう兄上はわたしを甘やかしてはくれないから」

彼のことを口にすると心が痛む。

「ゆうべのは、うちの女房の躾《しつけ》が悪いのが少々みっともない騒ぎになっただけだ」

葛城に怪我はなかったので、彼女自身も怖い思いをしたということで不問。

譲葉は祐高の乳母子の家で預かってもらう。落ち着くようならそこで子を産む。

彼女の子が女だったら大将祐長が手のひらを返すかもしれない。

「――おかしな女の件で邸まで兄を問い詰めに行ったのだが、忍さまの身に危険が迫っていると報が来てな。わたしはつい自分の邸にいるときのように〝馬を引け〟と言ってしまった」

行きは兄を敬って体裁を整えた牛車の大行列だったが、牛車は人を呼び集めるだけでもいちいち時間がかかる。

「兄は馬の仕度などしてくれないだろうから前駆の者が乗ってきた馬で出ていこうと思ったのだが――逆だった。下人が引いてきた馬は兄上のお気に入りだった。兄上が十五のときに父上からいただいたもので名を叢雲《むらくも》という。真っ白な葦毛《あしげ》で見た目も美しいが賢くて、儀式のときにもお乗りになる。羨ましくて何度も乗せてくれるよう頼んだが一度も聞いてはもらえなかった――昨日に限って、馬具も一番いいのを着けて出してくださった。

感激するどころではなかったし、わたしは図体が大きいから叢雲は迷惑そうだったが」

「大将さまが別当さまをお認めになってお貸しくださったのでしょう」

「そなたはそう言うしかあるまいな」

意地の悪い笑みが洩れた。

「わたしは侮られたと思ったよ。わたし如きが必死で足掻いても大したことはできまいと。あるいはわたしがあまりにみっともなく騒ぐから、憐れみをかけたのかと。ご自分でわたしを追い込んでおいて気紛れに手助けするふりをなさって、わたしを弄んだ」

「そう悪く取ることもありますまい。大将さまは御弟君の身を案じておられるのです」

「わたしが何を望んでいるのかまであまりお考えでないだけでな」

案じている、それはそうなのだろう。

祐長は明日、内裏で出会ったらどうするのだろう。

何ごともなかったように明るく話しかけてくるのだろうか。以前の兄と同じように親しいつもりで。彼の中で何も矛盾はないのだから。祐高が勝手に不貞腐《ふてくさ》れているだけだ。

弟思いの兄。たまには弟を叱りつけることもある。弟が拗ねることもある。

忍が危ない目に遭ったのは世の中の皆が彼ほど賢くないせい。

そんなことを自分のせいにされても困る。それで祐高に恨まれる筋合いなんてない。

今頃「女は怖いなあ。うちの女房は大丈夫か」と妻に説教しているかもしれなかった。

片目をつむると現実とは違う楽しいものが見えるが、兄は両目をつむるのに慣れてしまったのだろうか。自分に都合のいい話ばかり聞いて。

「前からあのような方だったか?」

泰躬は少し考え込んだ。

「――周囲を顧みずお一人で前にお出になる危ういところがおありだったかという意味なら、以前からそうです。いつの間にかとんでもないところにいらっしゃる。危うさゆえに放っておけなくて周りがついお助けしたくなるという意味なら」

「流石そなたはまじない師だな、ものは言いようだ」

ちょっと感心した。

「わたしにとってもお助けしたくなるような兄上であってほしかったよ。――そんなに苦労をかけていたのか」

「貴族の皆さまに必要なまじないや助言をさしあげるのが勤めです。大将さまも衛門督さまも大臣さまも」

誰も彼もあんなものだから気にするなということだろうか。

「まあ自分の兄から走って逃げるわけにもいくまいよ。兄が怖いからと妻子を連れて田舎に隠遁《いんとん》するわけにはいかぬ」

――毅然《きぜん》と、まずは皇女降嫁を断るところからだ。帝や大臣の皆さまはわかってくださるだろう。

十四の頃のように唯々諾々《いいだくだく》と従うわけにいかない。

あるいは譲葉が女の子を産んだら祐長は彼女を皇女さまより尊んで崇《あが》め奉り、「何と兄思いの弟か」と臆面《おくめん》もなく感涙にむせんで祐高を褒め称えたりするのかもしれなかった。

今、言葉を尽くすなど無駄かもしれなかった。

男の子だったら大将の令息として遇されるのは難しいが。家人の子ということにして、祐高が役人の職など世話してやらなければならない。

――「役人でも水夫でも、義兄上さま似の男の子が現れたらそれはそれで喜ぶ人がいる。悲観したものでもない」とか忍は思わせぶりなことを言っていたが。

忍のことも四人目がどうとかくよくよと思い悩んでばかりいられない。まず彼女を守らなければ。

聡明だが祐高が思っているよりずっと繊細な人だった。繊細で子供っぽくて。

夫の兄に嫌われていると知って彼女だって傷ついたろうに、強がって痛い目を見て。

道端で泣いているなんてあってはいけなかった。

「多分またそなたの力を借りることになるよ。わたし一人でぐずぐずしてはいられないだろうから」

「わたしは術に驕《おご》っているとよく言われます。何もかも自分の思い通りになると思っている傲慢な使い手だと。こたび、己の浅はかさが骨身に沁《し》みました」

謝らなくていいと言っているのに、泰躬は板敷に額をつけるように平伏した。そうしていると随分小さい男に見えた。祐高が大きいのか？

「至らない身ではございますが、心を入れ替えて別当さまのお役に立ちたいと思います。まだ別当さまとお方さまよりいただいたご恩を返せておりません、どうか」

「そなたは義理堅いなあ」

存外に不器用な男なのかもしれない。

ふと、祐高は思い出して真顔になった。

「それはそうとそなた、これだけ好き放題振り回したなら葛城の晩飯を食ってやったらどうだ？　朝飯まで食えとは言わぬから」

身体を起こしたときの天文博士の顔といったら。

――あれだけの目に遭って、葛城がまだ泰躬を好きかどうかはわからないが。

＊＊＊

「大変な家出をなさいましたね、忍さま。祐高さまが馬から牛車に飛び移ったんですって？」

疲れ果てて北の対でぐったりして昼まで寝ていたら、桜花が焼き米を手土産に遊びに来たのでのそのそ御帳台を這い出した。

いとこの桜花は気の置けない友人でもある。忍よりふくよかで気品ある風貌でこの日は鮮やかな赤と緑の襲《かさね》を着こなして北の対に現れた。彼女は長く宮中にいたので袴の裾を捌《さば》く足取りが実に見事でほとんど衣擦《きぬず》れの音しかしない。敵わないなあ、と思う。

焼き米は餅米を炒ったものでつまんでいると口寂しいのが紛れる。

「颯爽と、なんてものじゃなかったわよ御簾を引き千切るし検非違使に取り囲まれるし枯梗にはそれ見たことかと責められるしもう散々」

──あの後、検非違使庁の牛飼童が牛車を動かしたが、後ろの御簾が滅茶苦茶で頭から衣を引きかぶった上、祐高に抱きすくめられて覆い隠されて帰ることになったのだった。

螢火は「外から見えたら、何？」と隠れもしなかったので。

逃げた方の牛飼童は、犬の声に怯えて自分の家で震えていたそうだ。従者なしで一人なんて彼だって怖かったとか。牛を操る腕がよく、なかなか代わりはいないので許してやってくれと祐高が言った。

「流浪の白拍子に盗まれて夫君に取り返されるなんて物語でもなかなかありませんわ」

「わたしが流浪の白拍子を盗んで夫君に連れ戻されたんだけどね」

「それもすごい話です。わたしも会いたかったわ」

螢火には迷惑をかけたと思う。衛門督朝宣にひどい目に遭わされていなければいいが。

──彼女はあの男が気に入らなければ袴をまくって難波まで歩いて帰るのか。

彼女はどのみち大将祐長に会える見込みがないなら、京を追放されても痛くもかゆくもなかった。別れるとき笑っていた。

笞で打たれるのは嫌だが助平男の相手は平気らしい。ここまで来たら朝宣に飯をたかって大将さまと別当さまと衛門督さま、どこの邸の飯が美味かったか難波の仲間に語って聞かせるそうだ。

まるで世界の果ての話のようだ。

忍はこの邸の端から端までも歩けるかどうかわからないというのに。

「桜花こそ大丈夫なの、純直さまは」

「悪所通いが癖になるよりは懲りた方がいいのだと思っておくことにします」

桜花にどう説明しようと思ったが、純直は倒れて西の対に担ぎ込まれたときにうわごとのように全てを白状したらしかった。

「あなたもすごい女よね」

「忍さまが何をおっしゃいますやら」

「夫君から逃げて月まで飛ぶつもりだったけど無理だったわ」

今日の薬湯は棗ではなく、わざわざ薬師を呼んで調合させた心が落ち着く薬。芍薬《しゃくやく》の根がどうとか言うが、肉桂《にっけい》の匂いがすごくて練り香を湯に溶いて飲まされているようだ。

桔梗からの愛の笞を兼ねているのだった。女主人を竹の尺でぶつわけにいかないので。

朝夕二回、五日分、全部飲まないと許してもらえない。

冷まして一気に飲み干したらましかと思ったが、やってみると胸が詰まって肉桂の匂いのげっぷがこみ上げる。——背水の陣と思ったが桜花の前でやるべきではなかった。

「夫君から逃げるとはなぜ？　仲のよいご夫婦なのに忍さま、何か思うところが？」

一所懸命げっぷを我慢しているところに桜花が焼き米をかじりながらそう尋ねてきたので、もう逃げられなかった。

「——笑わないで聞いて」

「笑いません」

桜花が唇を引き結んだ。

「幸せって怖くない？」

「……そうね、そうかもしれません」

「わたし、いつか〝もう好きじゃない〟なんて言われるくらいなら今死んだ方がまし」

つぶやいた途端、忍の目から涙が一粒こぼれた。

――違うのだ。これは肉桂の匂いが目にしみて。

「まあ。初めて恋歌をもらった童女のよう」

途端、桜花が白い顔をほころばせた。――笑わないと言ったのに。

「おかわいらしいわ、忍さま。〝忘れじの行く末までは難ければ今日をかぎりの命ともがな〟というわけ。通い初《そ》めならともかく三人も御子をお産みになったのに何てうぶなのかしら。眠るのが怖くて泣いてしまうやや子のようね」

子供にするように頭を撫でられた。桜花の方が年下なのに。

「そう。狂おしい恋をしていらっしゃるのね。忍さま、これまで桃や枇杷《びわ》の甘いところばかり食べていたのね。中に毒の種があるのよ。どうしようもなく苦しく胸を蝕《むしば》む、それが本当の恋」

――わからない。涙が止まらない。嗚咽も。

子供のように顔をしかめて泣いていると、桔梗のいかめしい声がした。それも子供の頃のようだった。

「忍さま、殿さまがお帰りです。こちらにいらっしゃいます」

「あら、お邪魔虫は退散かしら」

「……そんなにお泣きになって、お化粧を直さなければ。まずお顔を洗いましょう、手水《ちょうず》の仕度を」

「このままでいいでしょう。今の忍さま、とてもかわいいから」

こんなぐずぐず泣いている女がかわいいはずがないのに、桜花は子供扱いして笑う。

「年下の男君に甘えるのもよいものよ。捨てられたくないって泣いて、やや子のようにかわいがってもらいなさい。妙な見栄を張って我慢しているのが一番いけないわ。信じられなければ何度でも約束してもらえばいいのよ」

あとがき

従者のモブネームは田辺聖子《たなべせいこ》『私本・源氏物語』よりお借りしました。

一巻よりツッコミの多い二巻です。

この時代の「薄荷《めぐさ》」はペパーミント、スペアミントではない不思議な草です。ベーキ忍さまのオリジナルレシピということで唐菓子のディテールが結構適当。ベーキングパウダーなしで膨らむの？　卵泡立てれば何とかなるんだろうよ！「小豆あん」「団子」「饅頭《まんじゅう》」がまだないからこの時代のスイーツは我々の知る和菓子からかけ離れてるんだよ！　索餅《むぎなわ》はそうめんの原型って言うけどそうめんの作り方、メチャ複雑なので間に膨大なミッシングリンクがある。

茶を飲む習慣がないが、ソフトドリンク的な扱いのできるハーブティーは……といろいろ探した結果、俺はなぜか全く関係ないデーツ（ナツメヤシ）を購入していた。今回登場するものはクロウメモドキ科、〝大棗《たいそう》〟。

「この時代、雪女いるんですか？　室町《むろまち》の伝承では？」

「それを言うと浦島太郎《うらしまたろう》も……あっ！　この時代の雪女は男を凍死させるんじゃない、温めると溶ける！」

瑠璃宝寺《るりほうじ》、非実在架空仏閣です。平安京《へいあんきょう》に尼寺、ないので。正確には「寺領を持つ公営の尼寺がない」。尼の家族の仕送りで運営しています。瑠璃はラピスラズリではなく青く染めたガラス。高価は高価。

しかし何より大変なのは、白馬《あおうま》。

〝白馬の節会《せちえ》〟――正月、宮中でめでたい白馬を見るイベント。馬は陽の気で何ちゃらかんちゃら……まあとにかく健康祈願だったらしい。

問題は「ルビ：あおうま」。

馬で青毛といえば、黒。

「白馬と書いてあおうま、黒い馬も数に入るので実際何色かわからん⁉」

研究者もいちいち大混乱して絵巻物とかで何色か確かめたらしいよ……？

サラブレッドより小柄な日本在来馬には迷惑な身長一八〇センチの祐高《すけたか》さま、普段は馬を疲れさせない独特の馬術で気を遣ってるんですよ。武官で馬に乗りっ放しの儀礼とかでも慣れてる個体でお互い気を遣えば何とかなったりしたんですよ。

とにかく徒歩で路上を歩いてはいけないので、気軽な外出が馬、大袈裟《おおげさ》な外出が牛車《ぎっしゃ》。牛車は身分によって道を譲る作法とかあってマジ大変。人が運ぶ〝輿《こし》〟が一番融通が利きそうなもんだが、こっちはもっとややこしい……速さではやっぱり馬だが、馬は足腰の弱い人には無理だった……牛車も、道を譲るときは牛を放して傾けるって中の十二単《じゅうにひとえ》のお姫さまはずり落ちたりしないのかよ……轅《ながえ》が長いからそんなに傾かない？

身分によっては貴族とエンカウントするたびいちいち車を降りて地べたに平伏。守らないとどうなるかというと秩序の敵として平家物語《へいけものがたり》とかで八百年後までdis《ディス》られる。天文博士《てんもんはかせ》はこの辺、面倒くさい身分なので馬に乗ってる。馬も降りて平伏しなきゃいけないんだけど。「貴族と出会いそうになったら横の道に避ける」が一番いいのかもしれない。「誰々がいらっしゃるから道を空けろ」って前駆がいちいち大声で言ってるからね。

前駆がいちいち大声で言うので「お殿さまがいらっしゃった！　久しぶりにうちにお通いが！　……うちじゃなかったー！」という現象も発生する。

公卿《くぎょう》なのにこの辺が全部無理になって「誰も見てない夜中に地べたを突っ走る」を極めてしまった朝宣《とものり》。素行不良ということで衛門督《えもんのかみ》なのに検非違使別当《けびいしべっとう》に任じられない。……祐高さま、そんな理由で別当やってたの？

朝宣、お前一巻でメチャメチャ嫌われてるぞ。クソNTR男言われてるぞ。こんなに出番あってヘイトコントロール大丈夫？　今回の悪役の人と次の巻で刺し違えて

「祐高卿……北の方と仲よくな」

とか言い残して死ぬくらいしないと皆、納得しないんじゃないの？　いや次の巻とかあるのかわかりませんが。

汀《みぎわ》こるもの　拝

参考文献

『漢詩大系 第12 白楽天』田中克己　集英社
『牛車（ものと人間の文化史160）』櫻井芳昭　法政大学出版局
『牛車で行こう！（平安貴族と乗り物文化）』京樂真帆子　吉川弘文館
『源氏物語図典』秋山虔　小町谷照彦（編）／須貝稔（作図）小学館
『女性芸能の源流 傀儡子・曲舞・白拍子』脇田晴子　角川ソフィア文庫
『新訂 官職要解』和田英松／所 功（校訂）講談社学術文庫
『新版 枕草子（上）』石田穣二（訳注）角川ソフィア文庫
『新版 枕草子（下）』石田穣二（訳注）角川ソフィア文庫
『日本食物史（上）―古代から中世―』桜井秀　足立勇　雄山閣出版
『光源氏が愛した王朝ブランド品』河添房江　角川選書
『平安時代の文学と生活』池田亀鑑　至文堂
『遊女の文化史―ハレの女たち』佐伯順子　中公新書
『和泉式部』馬場あき子　美術公論社

本書は書き下ろしです。

〈著者紹介〉

汀　こるもの（みぎわ・こるもの）

1977年生まれ、大阪府出身。追手門学院大学文学部卒。『パラダイス・クローズド』で第37回メフィスト賞を受賞しデビュー。小説上梓の他、ドラマCDのシナリオも数多く担当。近著に『レベル95少女の試練と挫折』『五位鷺の姫君、うるはしき男どもに憂ひたまふ　平安ロマンチカ』『探偵は御簾の中　検非違使と奥様の平安事件簿』など。

探偵《たんてい》は御簾《みす》の中《なか》

鳴《な》かぬ螢《ほたる》が身《み》を焦《こ》がす

2021年8月12日　第1刷発行　　定価はカバーに表示してあります

著者……………………汀《みぎわ》　こるもの

発行者……………………鈴木章一

発行所……………………株式会社 講談社

〒112-8001 東京都文京区音羽2-12-21

編集03-5395-3510

販売03-5395-5817

業務03-5395-3615

本文データ制作…………講談社デジタル製作

印刷……………………豊国印刷株式会社

製本……………………株式会社国宝社

カバー印刷……………株式会社新藤慶昌堂

装丁フォーマット………ムシカゴグラフィクス

本文フォーマット………next door design

ISBN978-4-06-524524-8　N.D.C.913　276p　15cm

講談社文庫 最新刊

神楽坂 淳　あやかし長屋〈嫁は猫又〉
江戸で妖怪と盗賊が手を組んだ犯罪が急増した。奉行は妖怪を長屋に住まわせて対策を！

夏原エキジ　Cocoon5〈瑠璃の浄土〉
最強の鬼・平将門が目覚める。江戸を守るため、瑠璃の最後の戦いが始まる。シリーズ完結！

石川智健　20《ニジュウ》〈誤判対策室〉
ドラマ化した『60 誤判対策室』の続編にあたる、ノンストップ・サスペンスの新定番！

谷口雅美　殿、恐れながらブラックでござる
パワハラ城主を愛される殿にプロデュース。凄腕コンサル時代劇開幕！〈文庫書下ろし〉

上野 歩　キリの理容室
憧れの理容師への第一歩を踏み出したキリ。でも、実際の仕事は思うようにいかなくて!?

後藤正治　拗《す》ね者たらん〈本田靖春 人と作品〉
「戦後」にこだわり続けた、孤高のジャーナリストを描く傑作評伝。伊集院静氏、推薦！

藤田宜永　女系の教科書
夫婦や親子などでわかりあえる秘訣を伝授！エスプリが効いた慈愛あふれる新・家族小説。

リー・チャイルド　青木 創 訳　宿　敵（上）（下）
十年前に始末したはずの悪党が生きていた。復讐のためリーチャーが危険な潜入捜査に。

講談社タイガ

秋《あき》保《う》水《すい》菓《か》　謎を買うならコンビニで
コンビニの謎しか解かない高校生探偵が、トイレで発見された店員の不審死の真相に迫る！

飯田譲治　協力 梓 河人　NIGHT HEAD《ナイトヘッド》 2041（上）
超能力が否定された世界。翻弄される二組の兄弟の運命は？　カルト的人気作が蘇る。

汀 こるもの　探偵は御《み》簾《す》の中〈鳴かぬ螢が身を焦がす〉
京《みやこ》で評判の鴛鴦《おしどり》夫婦に奇妙な事件発生、絆《きずな》の危機迫る。心ときめく平安ラブコメミステリー。

講談社文庫 最新刊

内館牧子　すぐ死ぬんだから
年を取ったら中身より外見。終活なんてしない。人生一〇〇年時代の痛快「終活」小説！

堂場瞬一　チェンジ〈警視庁犯罪被害者支援課8〉
通り魔事件の現場で支援課・村野《むらの》が遭遇したのは。シーズン1感動の完結。〈文庫書下ろし〉

辻堂魁《かい》　落暉《ゆうひ》に燃ゆる〈大岡裁き再吟味〉
あの裁きは正しかったのか？　還暦を迎えた大岡越前、自ら裁いた過去の事件と対峙する。

有栖川有栖　カナダ金貨の謎
臨床犯罪学者・火村英生《ひむらひでお》が焙《あぶ》り出す完全犯罪計画と犯人の誤算。〈国名シリーズ〉第10弾。

佐々木裕一　宮中の誘い〈公家武者 信平《のぶひら》(十)〉
息子・信政《のぶまさ》が京都宮中へ!?　日本の中枢へと巻き込まれた信政は、とある禁中の秘密を知る。

荻上直子　川っぺりムコリッタ
ムコリッタ。この妙な名のアパートに暮らす、愛すべき落ちこぼれたちと僕は出会った。

四戸俊成　芹沢政信　神在月のこども
映画公開決定！　島根・出雲、この島国の根っこへと、自分を信じて駆ける少女の物語。

創刊50周年新装版

綾辻行人　黄昏の囁き〈新装改訂版〉
「……ね、遊んでよ」――謎の言葉とともに出没する殺人鬼の正体は？　シリーズ第三弾。

真保裕一　連鎖〈新装版〉
汚染食品の横流し事件の解明に動く元食品Gメンに死の危険が迫る。江戸川乱歩賞受賞作。

薬丸岳　天使のナイフ〈新装版〉
妻を惨殺した「少年B」が殺された。江戸川乱歩賞の歴史上に燦然と輝く、衝撃の受賞作！

幸田文　台所のおと〈新装版〉
病床から台所に耳を澄ますうち、佐吉は妻の音の変化に気づく。表題作含む10編を収録。

講談社
タイガ

探偵は御簾の中シリーズ

汀こるもの

探偵は御簾の中
検非違使と奥様の平安事件簿

イラスト
しきみ

　恋に無縁のヘタレな若君・祐高《すけたか》と頭脳明晰《めいせき》な行き遅れ姫君・忍《しのぶ》。平安貴族の二人が選んだのはまさかの契約結婚!?　八年後、検非《けび》違使別当《いしのべっとう》（警察トップ）へと上り詰めた祐高。しかし周りからはイジられっぱなしで不甲斐《ふがい》ない。そこで忍は夫の株をあげるため、バラバラ殺人、密室殺人、宮中での鬼出没と、不可解な事件の謎に御簾《みす》の中から迫るのだが、夫婦の絆《きずな》を断ち切る思わぬ危機が!?

講談社
タイガ

斜線堂有紀

詐欺師は天使の顔をして

イラスト
Octo

一世を風靡《ふうび》したカリスマ霊能力者・子規冴昼《しきさえひる》が失踪《しっそう》して三年。ともに霊能力詐欺《さぎ》を働いた要《かなめ》に突然連絡が入る。冴昼はなぜか超能力者しかいない街にいて、殺人の罪を着せられているというのだ。容疑は〝非能力者にしか動機がない〟殺人。「頑張って無実を証明しないと、大事な俺が死んじゃうよ」彼はそう笑った。冴昼の麗《うるわ》しい笑顔に苛立ちを覚えつつ、要は調査に乗り出すが——。

講談社タイガ

瀬川貴次

百鬼一歌
菊と怨霊

イラスト
Minoru

これは怨霊《おんりょう》の仕業なのか――。仙洞《せんとう》御所を切り裂く落雷、不可解な殺人事件、闇夜に消えた呪《のろ》いの歌声。時の権力者、後白河《ごしらかわ》法皇を恐怖に震え上がらせた怪事は、非業の死を遂げた崇徳《すとく》上皇の祟《たた》りだった!?　怪異譚《かいいたん》好きの宮仕え少女・陽羽《ひわ》から相談を受けた天才歌人の希家《まれいえ》は、現場に共通して残されていた謎のメッセージに気付く。和歌から読み解く事件の真相は？　シリーズ三部作完結巻！

講談社タイガ

清水晴木

緋紗子さんには、9つの秘密がある

イラスト
とろっち

学級委員長を押し付けられ、家では両親が離婚の危機。さらには幼なじみへの恋心も封印。自分を出せない性格に悩みが募《つの》る高校2年生・由宇《ゆう》にとって「私と誰も仲良くしないでください」とクラスを凍りつかせた転校生・緋紗子《ひさこ》さんとの出会いは衝撃だった。物怖《ものお》じせず凜《りん》とした彼女に憧れを抱く由宇。だが偶然、緋紗子さんの体の重大な秘密を知ってしまい、ふたりの関係は思わぬ方向へ——。

講談社
タイガ

ニュクス事件ファイルシリーズ

天祢 涼

透明人間の異常な愛情
ニュクス事件ファイル

イラスト
PALOW

空飛ぶナイフが通行人を襲う。だが、それを握る者の姿はない。地方都市で起きた奇怪な事件を追う、銀髪の美少女探偵・音宮《おとみや》美《み》夜《や》。黒い噂《うわさ》のある研究所へ潜入調査を始めた彼女を待ち受けていたのは、音や声が視《み》える美夜の特殊能力「共感覚」を封じる罠《わな》、脱出不可能な密室、そして所員を容赦なく殺害していく透明人間だった!! 美夜の命に執着する姿なき敵を見つける方法はあるのか?

講談社
タイガ

柾木政宗

ネタバレ厳禁症候群

〜 So signs can’t be missed! 〜

イラスト
おみおみ

女子高生探偵のアイと助手のユウは、ひょんなことから遺産相続でモメる一族の館へ。携帯の電波が届かない森の中、空一面を覆う雨雲……外界から閉ざされた館で発見されたのは男の刺殺体だった。遺体に乗った巨大な鶴《つる》の銅像と被害者の異様な体勢、それらが意味するものとは？　謎解きの最中に第二の不可解な殺人も発生。さらには二人にも魔の手が。やりたい放題ミステリ開幕！

講談社タイガ

最東対地

寝屋川アビゲイル

黒い貌《かお》のアイドル

イラスト

toi8

顔と体に広がる黒いシミ、あの世へ誘《いざな》う黒い影。何者かの呪いがトップアイドル・るるを襲った。恐怖に怯《おび》える彼女は救いを求めて大阪へ。そこで待ち受けていたのはパチンコに明け暮れるアビーと口の悪すぎるゲイルの変人霊能力者コンビ。だが願い空《むな》しく二人は呪いを解こうとしない。それどころか〝厄霊《やくりょう》〟なる強大な怨霊が取《と》り憑《つ》く土地へ連れられ、るるに命の危機が迫り……!?

講談社
タイガ

上遠野浩平

殺竜事件

a case of dragonslayer

イラスト
鈴木康士

竜――人間の能力を凌駕《りょうが》し、絶大なる魔力を持った無敵の存在。その力を頼りに戦乱の講和を目論《もくろ》んだ戦地調停士・ED《エド》、風の騎士、女軍人。３人が洞窟で見たのは完全な閉鎖状況で刺殺された竜の姿だった。不死身であるはずの竜を誰が？　犯人捜しに名乗りをあげたＥＤに与えられた時間は１ヵ月。刻限を過ぎれば生命は消え失せる。死の呪いをかけられた彼は仲間とともに謎解きの旅へ！